AF219332

Linde Richter

Über Brücken, Mücken und andere Tücken

Ein Kreuzfahrtkrimi auf der Loire

Impressum

Bibliografische Information der Deutschen Nationalbibliothek:
Die Deutsche Nationalbibliothek verzeichnet diese Publikation in
der Deutschen Nationalbibliografie; detaillierte bibliografische Da-
ten sind im Internet über http://dnb.dnb.de abrufbar.

Portraitfoto: Gabriela Leonhardt
Titelfoto: Frederick Bahl

Herstellung und Verlag: BoD – Books on Demand, Norderstedt
ISBN: 9 783756 840878

Liebe Leserin, lieber Leser,

Ich habe noch nie eine Kreuzfahrt gemacht. Weder auf hoher See, noch auf einem Fluss.

Aber in meinem Herzen wollte ich das schon immer einmal tun. Also setzte ich mich an den Schreibtisch und fing an, über meine Abenteuer auf der »Wan Da« (frei übersetzt.: »Große Welt«) zu schreiben.

Und was ist dabei rausgekommen? Lesen Sie selbst, und lassen Sie sich in die Fluten der Loire entführen.

Viel Lesespaß und Spannung wünscht Ihnen,

Ihre Autorin

Ich habe noch nie etwas gewonnen. Wie auch? Ich nehme an keinem Preisausschreiben teil, kaufe keine Lose, und Lotto spiele ich auch nicht.

Ganz im Gegensatz zu meiner besten Freundin Jenna. An ihr kommt kein Kreuzworträtsel, kein Losverkäufer, und auch kein Gewinnspiel vorbei. In ihrer Wohnung stapeln sich die Preise vom Kaffeebecher bis zum Rasenmäher.

Dabei trinkt sie nur Tee und hat gar keinen Garten.

Jenna ist Fotomodell und verbringt viel Zeit auf Reisen - und mit Warten. Auf Castings, Bookings und auch bei Shootings.

Mit Anfang Dreißig ist ihre beste Zeit vorbei, aber sie hält sich seit ein paar Jahren als Katalogmodell für Unterwäsche einigermaßen über Wasser. Sie ist nie für eine »Victoria's Secret Fashion Show« gelaufen, und sie ist ganz bestimmt auch kein »Engel«. Ganz im Gegenteil: Wenn es um Aufträge oder einen neuen Lover geht, wachsen ihr zwei Hörner und ein Pferdefuß.

Mit ihrer dunklen Haarmähne, den endlos langen Beinen und einem sanft gebräunten Teint, den sie sich mit gezielten Sonnenbädern und teuren Besuchen im Sonnenstudio erkauft, ist sie auch sonst noch gut vorzeigbar.

Sie hat sich ihre Figur mit den richtigen Proportionen an den rechten Stellen erhalten, dabei schaufelt sie sich die Burger und Pommes nur so rein.

Eine Frechheit ist das!

Ich weiß wovon ich rede. Ich brauche einen Klops nur anzusehen, und die Masse metamorphosiert einzig durch Blickkontakt in meinem Körper zu Kilokalorien, respektive Kilojoules.

»Ich dachte schon, du rufst niemals an.«

Zugegeben, ich war etwas angefressen, weil Jenna sich eine ganze Woche lang nicht gemeldet hatte. Mein beleidigter Unterton war gut erkennbar.

Jenna wiegelte ab: »Sag mal, du sprichst doch ganz gut Französisch, oder?«

»Klaro, ich habe immerhin ein Jahr in Paris gelebt.«

Antoine war ein Ausrutscher gewesen, gefolgt von einem leidvollen Jahr in meinem Liebesleben. Nachdem Antoine mich in die schönste Stadt der Welt abgeschleppt und zum soundsovielten Mal betrogen hatte, packte ich meine Koffer und fuhr wieder heim.

In die langweiligste Kleinstadt vor den Toren einer hessischen Großstadt.

»Warum fragst du?«

Sie klang plötzlich ganz aufgeregt und plapperte drauf los: »Stell dir vor, ich habe gewonnen! Dieses Mal den Hauptgewinn. Eine Jungfernfahrt auf der Loire. Mit einem ganz neuen Schiff. Die sind ganz wuschig, dass ich, ein echtes Fotomodell, den ersten Preis gewonnen habe. Das ist der ultimative Glücksfall - für die und auch für mich.«

Sie musste Luft holen und ich auch.

Jenna war ein verwöhntes Einzelkind, aber sie hatte in der Schule immer gute Noten. Ein Jahr vor dem Abi wurde sie fürs Modeln entdeckt, und sie schmiss die Schule.

Bis Mitte Zwanzig war sie ganz gut im Geschäft, ab da ging es bergab. Zu alt für den Catwalk und zu alt für die Hochglanzbroschüren.

Ein paar Fotografen, mit denen sie regelmäßig schläft, verschaffen ihr ab und zu noch Aufträge als Wäschemodell. Damit hält sie sich mehr schlecht als recht über Wasser.

Jenna hatte wieder genug Luft getankt und sprach weiter: »Ich werde Starmodell auf dieser Jungfernfahrt. Die sind fast ausgeflippt als sie erfuhren, dass ihre Erste-Preis-Gewinnerin ein erfahrenes Fotomodell ist. Sie haben schon Aufnahmen von der Preisverleihung gemacht, und auf der ganzen Fahrt wird mich ein Team für weitere Aufnahmen begleiten. Das ist für mich der Anfang einer ganz neuen Karriere. Was sagst du jetzt?«

Ich schnappte noch immer nach Luft und fand keine Worte.

Ich erfuhr, dass ihr Sparkassenberater ihr ein paar PS-Sparlose aufgeschwatzt und sie nach gerade mal vier Wochen den Hauptgewinn gezogen hatte.

Sie erzählte, dass eine chinesische Reederei ein neues Passagierschiff auf den Markt gebracht habe, eine Art Luftpolsterschiff mit einer ganz neuen Technologie für Flusskreuzfahrten. Sie wollten mit ihr und ausgesuchten Gästen eine Promotionsfahrt auf der Loire machen, inklusive Presse, Glamour und Pomp. Das komplette Tamtam auf der ganzen Reise für eine groß angelegte Reportage in einem bekannten Reisejournal.

»Kommst du mit? Hast du Lust mit mir zu fahren? Der Preis ist für zwei Personen. Alles inklusive, alles umsonst. Sogar die Ausflüge, und die Getränke sind frei.«

Ich staunte. Wieso hatte sie mich als Begleitperson im Visier? Von ihren Kaffeebechern hatte sie mir nicht einen Einzigen abgegeben, ganz zu schweigen einen von ihren Rasenmähern.

Aber ich freute mich für sie und insbesondere auch für mich.

»Hey, das ist mega! Klar komm ich mit. Wann fahren wir?«

»Das ist das Problem. Ich weiß es noch nicht, ich muss das noch mit verschiedenen Leuten abklären.«

Wir schwatzten eine Weile rum und verloren uns in Spinnereien.

Als sie auflegte, hatte ich ein entrücktes Lächeln auf dem Gesicht und träumte von vorbeigleitenden Landschaften, von traumhaften Schlössern, von lauen Abenden in netter Gesellschaft, von französischen Delikatessen und von exquisiten Weinen. Das volle Programm.

Die Koffer waren im Geiste schon gepackt, ich musste nur noch den Urlaub beantragen.

Der Mörser fiel krachend zu Boden, die Flasche mit dem destillierten Wasser folgte klirrend nach. Ihr schlossen sich zwei Rollen Zellstofftücher an. Und ein paar abgenudelte Bleistifte.

Die PTAs hatten den blank polierten Labortisch wieder einmal nicht ordentlich abgeräumt. Aber wenn die körpereigenen Säfte unkontrolliert steigen, kümmert es weder Mann noch Weib, ob einem das Zeug um die Ohren fliegt.

Es gab polternde und scheppernde Geräusche als der Mörser und die zerbrochene Flasche immer wieder an das Tischbein schlugen. Und als der Rhythmus immer schneller, die Intervalle immer kürzer wurden, gruben sich meine spitzen Schreie in das tiefe Stöhnen meines Partners.

Erst ich: »Jetzt, ja, ja. Jetzt jahaa!«

Dann er: »Ah, oh, ja. Jetzt jahaa!«

Unser Vokabular würde definitiv nicht für den Pulitzerpreis reichen, aber wir erreichten unseren Höhepunkt zur gleichen Zeit. Was will man mehr?

Keuchend blieb Rüdiger noch eine Weile hinter mir stehen.

Als er wieder reden konnte, murmelte er: »Du bist so aufregend, meine Süße, mein absoluter Glücksgriff. Ich könnte dich Tag und Nacht vögeln.«

Sowas hört die im Grunde gefühlsbetonte Frau nach einem Schäferstündchen gern, vielleicht etwas ausgewogener in der Diktion und auch gerne in einem etwas romantischeren Umfeld, aber man soll die Feste feiern wie sie fallen.

Zufrieden lächelnd zog er seine Unterhose und die Jeans nach oben und zerrte den Reißverschluss zu.

Dann griff er nach der heruntergefallenen Zellstoffrolle und riss mehrere Tücher ab. Er verteilte ein Desinfektionsmittel großzügig auf die Tücher, danach über den gesamten Labortisch. Sorgfältig putzte er die Platte ab.

Anschließend stellte er den Mörser zurück, sammelte die Reste der zersprungenen Flasche auf, packte sie in eine Mülltüte und saugte das ausgelaufene destillierte Wasser sorgsam mit den Zelltüchern auf.

Auch die landeten in der Mülltüte.

Noch während er die Tüte zuknotete, um sie später in den großen Müllcontainer auf dem Krankenhausgelände zu entsorgen, hauchte er mir einen Kuss auf den Mund, dann in die Halsbeuge.

»Und, wie war ich? Bist du zufrieden, meine Süße? Hast du alles, was du brauchst?«

Rüdiger achtete stets darauf, dass auch ich auf meine Kosten kam. Selbst wenn die Zeit, so wie heute, knapp war.

Er schaute auf die Uhr. »Ich muss. Schließt du ab, meine Süße? Wir sehen uns morgen.«

Mit der Aktentasche unterm Arm und der Mülltüte in der Hand, verschwand Herr Dr. Rüdiger Hafermann, immer noch mit einem zufriedenen Lächeln im Gesicht, durch die Tür.

Ich habe den langweiligsten Job auf Erden. Das Aufregendste daran sind die Überstunden mit Rüdiger. Rüdiger ist mein Chef und verheiratet, aber nicht mit mir.

Ich arbeite als Apothekerin in einem in die Jahre gekommenen Kreiskrankenhaus, und die Tage von dem maroden Schuppen sind gezählt. Seit Wochen kursieren Gerüchte, dass eine private Betreibergesellschaft mit der Stadt und dem Kreis in Verhandlungen stehe, aber Genaues wusste man nicht.

Aufseufzend schickte ich noch einen Blick durch die Räumlichkeiten.

Alles in Ordnung. Niemand ahnte, dass hier noch vor wenigen Minuten ein Mann und eine Frau heißen Sex auf dem blank polierten Labortisch hatten.

Ich schloss sorgsam die Tür zur Krankenhaus-apotheke hinter mir ab.

»Bin zuhause! Was gibt's zu Essen, Mutti?«

Meine Mutter ertrug diese tägliche Frage mit einem milden Lächeln im Gesicht und drückte mir einen Schmatz auf die Wange.

»Wiener Würstchen mit Kartoffelsalat. Und ein schönes, kühles Bier vom Schlappeseppel.«

Meine Mutter wusste was ihrer Familie schmeckt, schließlich bedient und bekocht sie meinen Vater seit Jahren und mich seit meiner Geburt. Mit wenigen Unterbrechungen von meiner Seite.

Sie hatte meinen Vater in der Schule kennengelernt, in der sie im Referendariat ihre ersten Erfahrungen mit Schülern sammelte und er als aufstrebender Beamter auf einen Rektorenposten hoffen durfte. Und als er ihn bekam, heiratete er sie und bat sie, ihren Job an den

Nagel zu hängen. Sie wurde schwanger, kümmerte sich um Mann und Tochter und vermisste nichts.

Ich auch nicht.

Nach meinem Studium und dem Reinfall mit Antoine kehrte ich wieder in mein Elternhaus zurück. Ich habe ein Zimmer mit eigenem Bad im Obergeschoss, und Mutti wäscht meine Wäsche. Zudem ist sie eine ganz passable Köchin.

Na gut, meine beste Freundin Jenna meint, dass ich ein Schmarotzer sei, der sich auf Kosten seiner Eltern ein bequemes Leben mache. Und so ganz Unrecht hat sie damit nicht. Aber wer würde so ein angenehmes Leben schon freiwillig aufgeben?

Natürlich ist mein Liebesleben durch die elterliche Häuslichkeit stark eingeschränkt. Wer will schon ekstatische Liebesnächte über dem stillen Schlafzimmer seiner Eltern verbringen? Denn Schall geht bekanntlich immer von oben nach unten, infolgedessen beschränkt sich mein Liebesleben derzeit auf rutschigen Übungen auf der blank geschrubbten Platte des Labortischs in unserer Kreiskrankenhausapotheke.

»Ich bin mit Jenna verabredet. Wir wollen erst ins Kino und danach abhängen. Ich geh jetzt unter die

Dusche. Kannst du mir in der Zwischenzeit die Würstchen heiß machen?«

Meine Mutter stand schon an der Kühlschranktür und kramte nach dem Senf.

Der Film war gerade in aller Munde, und wir standen in einer langen Schlange an der Kasse.

Jenna und ich hatten den Plot im Fernsehen gesehen, andere auch. Wildfremde Leute diskutierten vor der Aufführung miteinander:

«In manchen Ländern gibt's das schon. Da kann man sich so einen Roboter mieten oder kaufen.«

»Schon, aber der verteilt nur Pillen und verfüttert die an alte Leutchen.«

«Spielverderber. Stellt dir doch mal vor: da bastelt dir so ein ausgefuchster IT-ler einen Lover, der genauso ist und genauso aussieht wie du dir das immer ersehnt hast. Dazu noch selbstlernend. Der sich gemäß deinen geheimsten Wünschen weiterentwickelt und dir jeden

Wunsch von den Augen abliest. Davon träumt doch jede Frau, oder?«

»Eben! Ihr Frauen seid sowas von kompliziert. Wir Männer sind da ganz anders gestrickt. Wir nehmen euch, wie ihr seid. Wo bleiben da sonst die Überraschungen, die Kleinigkeiten, an denen man sich noch reiben kann?«

»Auf solche Kleinigkeiten kann ich gut verzichten.«

»Ich auch.«

»Ich auch.«

»Ach, ihr Mädels seid einfach nie zufrieden!«

»Genau, immer nur Ansprüche!«

»Typisch Weiberkram, so ein Film. Warum bin ich nur mitgekommen?«

In der Schlange regte sich männlicher Unmut. Einige Männer waren deutlich angefressen.

Aber wir Mädels sahen unseren Abgott buchstäblich vor uns.

Der Film handelt von der Begegnung einer Frau und einem Mann. Eine Wissenschaftlerin lässt sich zur Teilnahme an einer Studie überreden, um so an Forschungsgelder für ihre Arbeit zu kommen. Sie soll drei Wochen lang mit einem humanoiden Roboter zusammenleben. Der ansprechende KI beginnt sich mit der

Zeit immer besser an die weibliche Darstellerin anzupassen, aber es entstehen auch unvorhergesehene Ereignisse. Nach einer gemeinsamen Nacht bricht die Protagonistin das Projekt ab. Sie fährt alleine nach Dänemark, wo sie den charismatischen Roboter wiedersieht.

Alles nur Illusion oder doch ein gutes Ende? Die Frage bleibt offen, und der Zuschauer muss sich selbst die Antwort geben.

Ich mochte den Film, einfach top.

Als das Licht wieder anging, war mein erster Satz: »Hast du seine Telefonnummer im Abspann gesehen?«

Jenna fand den Film blöd, mich auch. Sie hatte gerade den Mann ihrer Träume kennengelernt und brauchte keinen Partner aus Elektronik, Blech und Drähten.

Wir schlenderten bis an die Konstabler in Richtung City Beach.

Die Open-Air Bar, hoch über den Dächern der Großstadt, war in diesem Sommer mega in. Zwei Pools, abends beleuchtet, mit Strandkörben in feinem Strandsand, dazu eine hippe Strandbar unter freiem Himmel, waren der diesjährige Sommerhit und belohnte die

Besucher mit einem fulminanten Blick über die Dächer der hessischen Finanzmetropole.

Testosteron gesteuerte Männer jeglichen Alters umschwirrten mit bunten Drinks und leckerem Fingerfood die meist U30 Mädels aus der Stadt und Umgebung. So mancher Job wurde hier nach Feierabend angebahnt. Und so manch heißer Flirt auch.

Wir hatten Glück, zwei Stühle wurden gerade an der Bar frei, und wir bestellten Cocktails.

Jennas Handy klingelte. Sie schaute kurz drauf: »Entschuldige bitte, ich muss da dran.«

Und weg war sie.

Ich schaute ihr nachdenklich hinterher.

Jenna ist meine beste Freundin, und wir haben keine Geheimnisse voreinander. Normalerweise.

Sie kam zurück und wirkte sichtlich verlegen. Sie steckte das Handy in die Tasche und murmelte: »Tut mir echt leid. Kommt nicht wieder vor.«

Rüdiger war für drei Tage auf einer Fortbildung in Prag.

Viele Pharmafirmen versuchen auf schamlose Weise, Akademiker aus dem Gesundheitswesen mit Schulungen in attraktiven Städten und Ländern zu ködern. Rüdiger hatte mir von kurzweiligen Veranstaltungen in Österreich, Schweden und Florida erzählt. Diese Art von Qualifizierungen seien höchst beliebt, da sie meist in erstklassigen Unterkünften mit ausgezeichneter Verpflegung, in einem anziehenden Umfeld und mit ausschweifenden Alkoholgelagen, verbunden seien. Da nehme man doch gerne ein paar Stunden Geschwafel über die neuesten Erkenntnisse der Pharmaindustrie in Kauf.

Jetzt also Tschechien.

Ich war beruflich eifersüchtig und wäre gerne aus privaten Gründen mitgefahren, aber das wäre aufgefallen und auch personaltechnisch nicht umsetzbar gewesen.

Seine Abwesenheit bedeutete auch, dass ich für drei Tage rund um die Uhr Bereitschaftsdienst hatte. Meist rief uns niemand zu den Notdiensten, aber man war praktisch jederzeit abrufbar und damit irgendwie gebunden.

Außerdem war Jenna die ganze Woche unterwegs. Damit wartete eine gähnend langweilige Woche auf mich. Und ein gähnend langweiliges Wochenende dazu.

Jenna rief zu einem denkbar ungünstigen Zeitpunkt an.

»Du, das passt jetzt grad gar nicht. Kannst du mich heute Abend anrufen?«

Ich hatte den Kaufmännischen Leiter der Klinik bei mir hier unten im Keller. Da stimmte anscheinend was mit unseren Abrechnungen nicht. Der Mann war sichtlich sauer, dass der verantwortliche Chef der Apotheke nicht zu sprechen war, und schmiss mir ein paar Brocken zum Nachdenken vor die Füße.

»Wer macht bei Ihnen die Abrechnungen für die einzelnen Abteilungen im Hause?«

Ich hob wie ein Schulkind den Finger und antwortete: »Herr Dr. Hafermann, Herr Dr. Magnus und ich.«

»Und wer zeichnet dafür verantwortlich?«

»Der jeweils Ausführende, aber Herr Dr. Hafermann behält sich Prüfungen vor, korrigiert gegebenenfalls nach und paraphiert die Freigabe.«

»Sagen Sie Herrn Dr. Hafermann, dass ich ihn nach seiner Rückkehr unverzüglich in meinem Büro zu sprechen wünsche.«

Und mit diesen Worten rauschte er aus dem Büro.

Als ich wieder zuhause war, versuchte ich Jenna zu erreichen. Sie ging nicht ans Handy. Na klar, sie musste arbeiten und stand wahrscheinlich in fotogenen Posen vor irgendwelchen Kameras.

Ich sprach ihr mindestens zehn Nachrichten aufs Band. Sie rief nicht zurück.

Wochenende. Meine Familie machte in Familie. Meine Mutter hatte ihre Schwester Cora eingeladen, und mein Vater plante für das Sonntagsmittagessen ein gemütliches Zusammensein im Garten mit Grillen auf der Terrasse.

Cora ist eine erfolgreiche Anwältin und Notarin und fast zehn Jahre jünger als meine Mutter. Ein Ehemann passt nicht in ihre Karriere. Und wenn man es nicht besser wüsste, würde Cora rein äußerlich glatt als meine Schwester durchgehen.

»Na, wie geht's meiner Lieblingsnichte?«

Es gibt keine andere Nichte, auch keinen Neffen, aber das nimmt Cora nicht so wörtlich. Wir waren ziemlich eng, und in der Pubertät war sie es, die mich aufklärte, und die mir die Pille besorgte.

Ich erzählte ihr von der geplanten Flusskreuzfahrt.

»Wouw, das nenne ich mal einen Glücksfall. Und sehr generös von Jenna. Was werdet ihr alles sehen? Hast du Prospekte von dem Schiff?«

Ich musste passen. Der Veranstalter hatte noch immer keine Unterlagen an Jenna geschickt.

Ich erzählte ihr, dass die Informationen wahrscheinlich absichtlich unter Verschluss gehalten wurden, um bei der Jungfernfahrt mit einem Knaller an die Öffentlichkeit zu gehen.

»Ich kümmere mich darum, Leoni. In ein paar Tagen bekommst du von meinem Büro alles über das Schiff.«

Hatte ich schon erwähnt, dass an meiner Tante Cora eine Meisterdetektivin verloren gegangen ist?

Rüdiger kam in bester Laune von der Fortbildung zurück.

Ich erzählte ihm von dem Besuch des Kaufmännischen Leiters, was schlagartig seine Stimmung trübte.

Kurz vor Feierabend rief er mir durch die offene Bürotür zu: »Frau Lustig, bitte bleiben Sie noch ein paar Minuten länger, ich muss nach oben, und danach müssen wir noch wegen der Übergabe reden.«

Frau Lustig, das bin ich. Leoni Lustig. Leoni mit »i«, das »e« hatte der Standesbeamte einfach vergessen. Der war bei der Eintragung meiner Geburt entweder bekifft oder besoffen gewesen. Leoni ohne »e«! Meine Eltern bemerkten den Schreibfehler viel zu spät, und eine nachträgliche Änderung kam ihnen nicht in den Sinn.

Das wurde im Laufe meines Lebens mehr und mehr zu einem Problem. Vom Kindergarten bis zur Schule erntete ich mit meinem Vor- und Nachnamen nur

Hänseleien und Spott. Gar nicht lustig! Erst auf der Uni lernte ich mich zu behaupten und träumte von einer erfolgreichen Karriere in der pharmazeutischen Wissenschaft.

Ich war gut, aber nach einigen Laborversuchen an lebenden Mäusen und Hamstern, schmiss ich das Handtuch und hängte den Traum von der Wissenschaft an den Nagel. Ich bin doch keine Mörderin!

Nach ein paar öden Jahren in einer Vorstadtapotheke wollte ich aus dem Stadtrandmief raus. In einer öffentlichen Apotheke wollte ich nicht weiter als bessere Verkäuferin versauern, also bewarb ich mich bei mehreren Krankenhausapotheken, wo das Gehalt im Öffentlichen Dienst viel besser sein sollte und die Arbeitszeiten sowieso.

Ich bekam den Job in besagtem Kreiskrankenhaus und lernte meinen Chef Rüdiger kennen und lieben. Seit drei Monaten siezen wir uns im Dienst vor den Kollegen, und wenn wir alleine sind, treiben wir es auf dem Labortisch.

Rüdiger kam nach einer halben Stunde übelst gelaunt von seiner Unterredung zurück, wo ich ihn nur mit viel Mühe bei einem Quickie auf dem Labortisch wieder auf Spur brachte.

Jenna rief noch am gleichen Abend an.

»Du entschuldige, aber die Tage waren so hektisch, ich habe es einfach nicht geschafft, dich zurückzurufen.«

»Ach ja? Und was war an den Abenden und nachts? Du hättest mich auch um zwei Uhr morgens noch anklingeln können!«

»Ach Leoni, das musst du verstehen, da hat ein Fototermin den anderen gejagt, danach noch die anstrengenden, gesellschaftlichen Verpflichtungen. Ich bin einfach nur noch ins Bett gefallen, um ein paar Mützen Schlaf zu bekommen. Ich musste am nächsten Tag doch wieder wie aus dem Ei gepellt aussehen, verstehst du? Ich habe dir auch was Schönes mitgebracht.«

Am nächsten Tag erzählte sie mir bei einer Tasse Kaffee von den Sehenswürdigkeiten der tschechischen Hauptstadt.

»Du warst in Prag?«

»Ja, ich bin kurzfristig für eine erkrankte Kollegin eingesprungen. Fashionlabel im hochwertigen Bereich. Endlich wieder mal Designerklamotten auf den Knochen und nicht mehr diese Hausfrauenunterwäsche auf der Haut. Ein mega Event sage ich dir, aber auch mega hektisch. Wir sind von einem Termin zum anderen gehetzt.«

Sie kramte in ihrer Handtasche und brachte so ein kleines, buntes Magnet-Dingsbums zutage, das man an Kühlschränke oder andere Metallteile pappt.

Sorgsam in ein Geschenktütchen des Grand Hotel Praha eingewickelt, mit dem Abbild der Karlsbrücke drauf. Das Preisschild klebte noch auf dem Rücken der kleinen Magnettafel. Das Stück für 68 Kronen, also unter drei Euro.

»Ich habe an dich gedacht und mir die Zeit aus den Rippen geleiert, um dir ein Andenken mitzubringen.«

Ach ja? Hatte sie mir nicht gerade erzählt, dass die gesamte Crew im Grand Hotel Praha untergebracht war?

Manchmal ist Jenna etwas unsensibel, was wohl mit ihrem bewegten Leben zusammenhängt. Sie betont immer wieder, dass sie ein kreatives Geschöpf sei, und Künstler wie sie könne man ganz und gar nicht mit staubtrockenen Apothekerinnen vergleichen.

Trotzdem, das Preisschild hätte sie wenigstens abmachen können.

Wir saßen vor dem großen Fenster des italienischen Eiscafés, direkt an der Straße.

Ich beobachtete den fließenden Verkehr. Die Ampel wurde rot. Davor stand inzwischen eine lange Schlange Autos. Auch ein silberner BMW mit meiner Tante Cora auf dem Beifahrersitz. Ich schaute näher hin. Das war doch der Wagen meines Vaters, oder?

Ich setzte die Brille auf.

Cora küsste den Fahrer!

Cora hatte mich nicht gesehen.

Sie rief zwei Tage später an und erzählte mir Einzelheiten über die Reederei und das Schiff. Sie hatte ihre Beziehungen spielen lassen.

Sie berichtete, dass die chinesische Reederei bereits vor einigen Jahren alte Frachter und Kriegsschiffe komplett umgekrempelt und mit einer neuen Luftkissentechnik aufgerüstet habe. Das System wäre bislang vorrangig für militärische Zwecke eingesetzt und deswegen die Details streng geheim gehalten worden.

Eine Weiterentwicklung dieses Konzeptes würde jetzt erstmals für Kreuzfahrtschiffe gestartet. Durch eine moderne Schiffsrumpfkonstruktion wäre es gelungen, innovative Passagierschiffe zu bauen, um damit Kreuzfahrten in seichten Gewässern zu ermöglichen, und die Schiffe auch auf unwegsamen Flussläufen problemlos manövrieren zu können. Die Herausforderung habe darin bestanden, die lauten Propellerantriebe auszusparen, um sie durch Brennstoffzellen in neuartigen Rumpfformen und mit Sprudeldüsenantrieben zu ersetzen.

Mit dieser revolutionären Technik werde auch die Geschwindigkeit und die Kraftstoffeffizienz auf das jeweilige Schiff minuziös angepasst, was Kosten einspare und auch für die Umwelt gut sei.

Das River Air Cavity System sei eine Weltsensation!

Ich verstand nur Bahnhof, und die Worte rauschten an mir vorbei.

Sie fuhr fort: Die Reederei würde sich die Jungfernfahrt einiges kosten lassen, weil sie weltweit Publicity bräuchte. Und sie wolle mit Reisereportagen die erste Fahrt in bekannten Hochglanzmagazinen ganz groß rausbringen.

Ich hörte kaum zu und versuchte, meine Gedanken zu sortieren. Liebend gern hätte ich sie bei jedem Satz auf meinen Vater angesprochen.

Aber ich traute mich nicht.

Stattdessen beobachtete ich meine Eltern auf Schritt und Tritt.

Waren sie anders als sonst? War mein Vater weniger höflich, weniger zuvorkommend zu meiner Mutter? Zeigte meine Mutter Anzeichen von Eifersucht oder Unglücklichsein?

Nichts von allem war zu sehen. Sie gingen wie gewohnt fürsorglich und höflich miteinander um.

Trotzdem, ging mein Vater etwa fremd? Ich blieb wachsam.

Es gab wieder einmal Gerüchte, was dem Betriebsklima gar nicht gut bekam. Und der Laune meines Chefs auch nicht.

»Sie haben den Drogenschrank wieder nicht abgeschlossen, Frau Lustig. Sie kennen doch die Vorschriften! So geht das nicht!«

»Ich habe nicht vergessen, den Giftschrank abzuschließen, Herr Dr. Hafermann! Ich war nur kurz nebenan, um die Formulare zu holen und hatte die offene Schranktür immer im Blick.«

Rüdiger ließ meine Worte nicht gelten und ließ mich seine schlechte Laune spüren.

Er musste am frühen Morgen bereits zum zweiten Mal bei dem Kaufmännischen Leiter der Klinik antanzen und war offensichtlich in Erklärungsnöten.

Wenn er schlechte Laune hatte, half im Prinzip nur der Labortisch. Die Umsetzung zur Verbesserung der Cheflaune war in Anwesenheit des Personals momentan jedoch kaum möglich.

Überdies war ich wegen des ungerechtfertigten Rüffels noch immer sauer und zog den Arbeitskittel aus.

Überstunden mit einem anschließenden Schäferstündchen konnte sich Herr Dr. Hafermann für heute in
die Haare schmieren.

Ich knallte mit den Türen und machte erst einmal
Feierabend.

Zuhause war dicke Luft. Ich weiß nicht, wie es in
anderen Familien zugeht, aber wenn meine Eltern ein
Problem haben, dann wird das sachlich ausdiskutiert,
und alles ist wieder gut.

Nur heute, heute war das anders!

»Ich wollte heute Abend gefüllte Dorade machen.
Nach dem spanischen Rezept von unserem letzten
Urlaub, das du so liebst.«

Mein Vater schaute überrascht.

»Ich habe dir aufs Band gesprochen, als du beim Arzt
warst.«

Jetzt verwandelte sich die Überraschung in sichtbares
Unbehagen.

Auch bei mir.

Meine Mutter sprach plötzlich glasklar mit einer Stimme, die leicht höher rutschte.

»Du solltest sie vom Fisch-Rath mitbringen. Wo sind die Doraden?«

Die Doraden schwammen höchstwahrscheinlich noch im Mittelmeer, im Nordatlantik, oder im Schwarzen Meer, aber nicht im Kofferraum meines Vaters.

Er hatte die Nachricht nicht abgehört.

Wo war mein Vater gewesen?

Meinem Vater fehlten die Worte, meine Mutter hüllte sich in eisiges Schweigen.

Zum gemeinsamen Abendessen, der wichtigsten Mahlzeit in unserer Familie, gab es heute lieblos hingestellte Butterstullen und Handkäs ohne Musik.

Und meine Mutter verschwand im Wirtschaftsraum.

Mein Vater und ich, wir mussten alleine essen.

Abends ist im Schlafzimmer meiner Eltern meist tödliche Ruhe. Heute nicht!

Wenn meine Eltern Knies haben, gehen sie in der Regel in ein öffentliches Umfeld, um ihre Probleme diszipliniert in publico zu diskutieren. Leise und angemessen im Ton. Danach war meist alles in Butter.

Heute nicht, heute Abend war die Hölle los!

Ich stülpte mir das Kopfkissen über die Ohren und hoffte auf ein gutes Ende.

Was war da los?

Hier ging es nicht um ein paar lumpige Doraden, die mein Vater nicht mitgebracht hatte. Hier ging es um mehr! Und wenn ich noch so die Ohren spitzte; den Kern der Sache bekam ich nicht mit.

Denn meine Eltern unterhielten sich in Latein.

Das ist so ein Sport zwischen den beiden. Wenn sie gut drauf sind, dann plänkeln sie in Latein. Heute klang das gar nicht nach Sport, geschweige denn nach Plänkeln oder gar gut drauf.

Mit meinem kleinen Latinum kam ich da nicht mehr mit.

In der Apotheke hatten inzwischen alle schlechte Laune.

Im restlichen Krankenhaus war es auch nicht viel besser. Die Gerüchte hatten sich verdichtet, und eine private Krankenhausgesellschaft sollte den Zuschlag bekommen. Was das bedeutete, wussten wir alle. Die Benesse GmbH hatte die Nase vorn, und in der lokalen Politik überschlugen sich das Für und Wider für eine Übernahme täglich aufs Neue. Das erzeugte einen enormen Druck in den Chefetagen und in der Belegschaft auch.

Das Krankenhaus war schon lange nicht mehr rentabel. Es hatte veraltete Gerätschaften und auch veraltete Zimmerausstattungen, teilweise sogar noch mit Bädern auf den Fluren.

Und das Personal war, mit Verlaub gesagt, ebenfalls veraltet. Jedenfalls was die Leitung anbelangte. Der Ton untereinander war von verkrusteten Hierarchien geprägt und das Betriebsklima so schlecht, dass schrittweise das Personal weglief.

Interdisziplinäre Fortbildung zwischen den KH-Abteilungen und der Apotheke? Fehlanzeige! So wie mit vielen anderen erforderlichen Neuerungen auch. Zusätzlich gab es einen enormen Renovierungsstau.

In den letzten Monaten kam nach und nach der Filz zum Vorschein, der seit über dreißig Jahren das Zepter in dieser Vetternwirtschaft schwang.

In unserer Krankenhausapotheke kamen wir noch relativ gut dabei weg. Der vorherige Leiter war erst seit kurzem in den Ruhestand getreten, und der junge, knackige Dr. Hafermann wurde als sein Nachfolger eingestellt. Der wuppte die Krankenhausapotheke mit neuen Ideen und einer gehörigen Portion Charme.

Unser alter Chef kam nur noch als Urlaubsvertretung, oder wenn Not am Mann war in die Apotheke.

Zudem waren wir irgendwie weit weg vom Schuss. Aus dem Krankenhaus verirrte sich nur der Kurierdienst für die Auslieferungen an die Stationen.

Heute herrschte dicke Luft. Und mit Rüdiger lief es gerade nicht gut.

»Muss man denn alles selber machen? Wieso sind die Lieferungen für die Innere noch nicht fertig, Frau Hämäläinen?«

Rüdiger hatte Zornesfalten auf der Stirn und besagte schlechte Laune. Ich hatte ihn wegen des Rüffels nicht mehr rangelassen, und das schlug ihm aufs Gemüt.

Selbst schuld, Strafe muss sein.

«Und Ihnen kann ich so kurzfristig keinen Urlaub geben, Frau Lustig. Die Urlaubspläne sind bereits gemacht.«

Ich schaute ihn überrascht an.

»Entschuldigen Sie bitte, aber haben Sie schon mit Dr. Magnus gesprochen?«

An seiner Miene sah ich, dass er meinen ehemaligen Chef nicht gefragt hatte.

Mir war schon klar, dass so eine kurzfristige Genehmigung nicht ganz einfach umzusetzen war, aber ich wusste auch, dass Dr. Magnus immer ganz heiß auf Vertretungen war. Er langweilte sich zuhause.

Ich wiederholte meine Frage: »Herr Dr. Hafermann, haben Sie schon mit Herrn Dr. Magnus gesprochen?«

Rüdiger gab keine Antwort, drehte sich einfach um und stiefelte aus der Offizin.

Ich schaute ihm wütend hinterher.

Aria Hämäläinen zuckte nur mit den Schultern: »Ganz schlechtes Timing, Leoni, versuche es morgen noch einmal. Ich glaube, heute geht da gar nichts mehr.«

»Du hast gut reden, ich muss noch heute zusagen.«

»Warum nimmst du nicht einfach Urlaub ohne Bezahlung und rufst den Magnus persönlich an? Das müsste doch zu machen sein, und Dr. Magnus freut sich ein Beinchen aus, wenn er für eine Weile aus seinem öden Ruhestand rauskommt.«

Ich schnappte sie und wirbelte sie rum: «Du bist ein Engel, hast du die Privatnummer vom alten Magnus?»

Sie hatte. Und Herr Dr. Johannes Magnus war überglücklich, dem langweiligen Rentnerdasein für ein paar Tage zu entfliehen. Jetzt musste ich das nur noch meinem Chef beibringen.

Der Tag schlich vorbei.

Ich zeigte Laura, unserer zweiten PTA, wie man die hochprozentige Cortisonsalbe für den Patienten aus der Dermatologischen zubereitet und träumte dabei wieder von vorbeigleitenden Landschaften, von traumhaften Schlössern, von lauen Abenden in netter Gesellschaft, von französischen Delikatessen und von exquisiten Weinen.

Bis, ja bis Dr. Rüdiger Hafermann wütend ins Labor stürmte und die völlig verstörte Laura von ihrem Arbeitsplatz jagte.

»Sind Sie von allen guten Geistern verlassen? Über meinen Kopf Ihr Privatvergnügen zu regeln? Ich habe Ihren Urlaub nicht genehmigt, und ich werde ihn auch nicht genehmigen, haben Sie verstanden? Und wenn Sie sich auf den Kopf stellen, Sie werden nicht auf diesen Dampfer gehen!«

Ich hatte ursprünglich vor, es ihm bei einem Versöhnungsversuch nach Feierabend auf dem Labortisch zu sagen, aber das war wohl keine so gute Idee gewesen. Ich hätte es ihm gleich sagen müssen.

Dr. Magnus hatte inzwischen mit Rüdiger telefoniert!

Mein Chef knallte mit der Tür - weg war er.

So eine Gemeinheit, nur weil ich nicht mit ihm geschlafen hatte, wollte er mir einen Denkzettel verpassen. Aber nicht mit mir! Mit mir nicht!

»Ich gehe jetzt zu Heinzelmännchen, sag das bitte deinem Chef.«

Laura schaute mir verschüchtert hinterher.

Ich fuhr vom Kellergeschoss in die Personalabteilung.

Das heißt, vorab stand ich erst einmal vor der Aufzugstür. Unsere Personalabteilung ist im Dachgeschoss und sportliche acht Stockwerke vom Keller entfernt.

Die Minuten vergingen. Die zwei Aufzüge waren im Haus unterwegs. Das konnte dauern. Eigentlich haben wir ja vier Aufzüge, aber zwei waren irgendwie immer außer Betrieb.

Endlich hielt der Lift im Keller. Leer. Nach und nach füllte sich der Aufzug, hielt an jedem Stockwerk und endlich auch im Dachgeschoss.

Ich hatte keinen Termin mit Herrn Heinzelmann, aber sein Vorzimmerdrachen war auf dem Klo oder sonst wo, und ich ging nach kurzem Klopfen einfach in sein Büro.

Und erklärte ihm die Sachlage.

»Unbezahlten Urlaub? Und Dr. Magnus würde übernehmen?«

Ich nickte mit dem Kopf und brach in Tränen aus.

Ich schluchzte: »Sie müssen das verstehen, Herr Heinzelmann, so eine tolle Gelegenheit bekomme ich nie wieder. Alles umsonst, alles inklusive. Und ich habe auch noch nie eine Flusskreuzfahrt gemacht. Überhaupt noch nie eine Kreuzfahrt gemacht.«

Heinzelmännchen konnte keine Tränen sehen und reichte mir ein Papiertaschentuch. Ich wischte mir die Krokodilstränen aus den Augenwinkeln und schnäuzte kräftig in das Taschentuch. Es sah ziemlich echt aus.

Er räusperte sich und meinte in väterlicher Besorgnis: »Beruhigen Sie sich erst mal, das kriegen wir schon hin. Ich rede mit Dr. Hafermann. So eine Chance darf man sich nicht entgehen lassen. Sie bekommen Ihren unbezahlten Urlaub, versprochen.«

Damit war ich entlassen, und Frau Reuter guckte mir giftig hinterher. Sie mochte es gar nicht, wenn man in ihrer Abwesenheit das Vorzimmer ihres Chefs ungefragt stürmte.

Ich schaute auf die Uhr. Fünf Uhr, Feierabend. Und ging ohne Umwege direkt zum Personalparkplatz.

Jenna erreichte mich am Handy, gerade als ich in das Auto steigen wollte.

»Und, hat's geklappt?«

Ich berichtete ihr in allen Einzelheiten. Jenna blieb seltsam stumm. Keine Unterbrechungen, keine Jubelrufe. Normalerweise hätte sie alles kommentiert, und ihren Senf dazugegeben.

Nach einer Weile meinte sie nur: »Also, dann kann ich dich verbindlich anmelden, ja?«

»Ja doch, habe ich dir doch grad eben gesagt. Also, ich freue mich riesig auf diese Reise. Auf unsere Reise.«

Ihr Handy klopfte für einen weiteren Anruf, und sie verabschiedete sich hastig.

Ob das wieder ihr Neuer war?

Jenna hatte mir immer haarklein von ihren ständig wechselnden Bekanntschaften erzählt. Meistens waren die Typen verheiratet. Sie stand auf Männer, die gebunden waren.

Ihr letzter Sugardaddy hatte sie vor wenigen Wochen wegen eines Herzinfarktes verlassen. Nicht, dass er das Zeitliche gesegnet hätte. Nein! Aber der Grund, warum er ihre Miete ohne Wimperzucken bezahlt hatte, fiel jetzt aus. Sein Zustand erlaubte ihm keine weiteren Turnübungen auf Jenna, und ohne die gab's keine Miete.

Jenna musste wieder einmal sehen, wie sie über die Runden kam.

Jenna war der Auffassung, dass verheiratete Männer pflegeleichter, aufmerksamer und auch großzügiger seien. Sie würden einfach besser in ihr Leben passen.

Sie schläft vorrangig mit verheirateten Produzenten, mit verheirateten Fotografen, mit verheirateten Agenten oder mit gut betuchten verheirateten Männern. Hauptsache gebunden, entweder vom Fach oder mit dem passenden Portemonnaie. Das sei für ihren Lebensstil und ihrer Karriere am besten.

Krass, aber ich muss ganz ruhig sein und vor meiner eigenen Haustür kehren.

Ich kenne Jenna seit Schultagen. Sie saß neben mir, und ich schrieb bei ihr ab. Bis ihre Modellkarriere begann. Ab da war ich für meine Noten selbst verantwortlich.

Aber die Freundschaft hielt, und als Jennas Eltern bei einem Autounfall ums Leben kamen, mietete sie sich kurzerhand eine Wohnung in der unmittelbaren Nachbarschaft meines Elternhauses, was wegen ihrer Katze Minki sehr praktisch ist.

Jenna ist viel unterwegs, und für Minki bin ich die zweite Katzenmutter, der zweite Dosenöffner.

Ich mag Katzen.

Und ich sonne mich auch ganz gerne in Jennas Ruhm. Ab und zu fällt ein Bröckchen von ihrem Glanz auch auf mich, so wie jetzt - mit einer Flusskreuzfahrt auf der Loire.

Der nächste Tag war ein einziges Desaster. Heinzelmännchen hatte mit Rüdiger gesprochen, und der bestrafte meinen Alleingang abwechselnd mit eisiger Verachtung oder glühendem Zorn. Er suchte nach jedem Krümmel, um mich vorzuführen.

Das ging schon den ganzen Vormittag so. Gegen Mittag rief er mich in sein Büro und ließ demonstrativ die Bürotür weit offenstehen.

»Die Abrechnungen für die Abteilungen III und VI von der Inneren hätten schon gestern fertig sein müssen. Wann gedenken Sie die fertig zu machen? Wenn Sie auf Ihrem Dampfer auf der Loire schippern, oder was?«

Ich zog die fertigen Abrechnungen aus seiner turmhohen Ablage und knallte sie ihm zum Gegenzeichnen auf den Tisch.

Und ebenso heftig mit seiner Bürotür.

Er riss sie wieder auf: »Und eins noch, hoch geschätzte Frau Kollega, die Infusionslieferungen müssen noch heute registriert und eingeräumt werden. Ich mache Sie dafür persönlich verantwortlich.«

Das schlug dem Fass den Boden aus. Dafür waren die PKAs zuständig, und wenn's mal hektisch würde, auch die PTAs.

Für solche Arbeiten war ich eindeutig über-qualifiziert und auch überbezahlt.

Die beiden Pharmazeutisch-Kaufmännischen-Assis-tentinnen kicherten unterbeschäftigt im Lager, und die Pharmazeutisch-Technischen-Assistentinnen schoben Langeweile im Labor. Es war absolut nichts los und eindeutig die reinste Schikane eines frustrierten Lovers, mich da reinzuziehen.

Dass wir unter diesen Umständen noch einmal auf dem polierten Labortisch landen würden, stand nicht mehr zur Debatte.

Aria schob mich aus dem Dunstkreis des brüllenden Löwen und drückte mir im Labor einen Becher Kaffee in die Hand.

»Lass man gut sein. Das können Renata und Bille erledigen, das ist ihr Job. Erzähl mir lieber von deiner Schwimmfahrt auf dem Fluss.«

Aria ist Finnin, die vor Jahren aus Liebe in Deutschland gestrandet war und uns mit ihren Fabelgeschichten aus ihrer Heimat abwechselnd zum Lachen bringt oder Gänsehaut beschert. Außerdem vergaloppiert sie sich ab und an in der deutschen Sprache.

Ich erzählte ihr in kurzen Worten, was ich inzwischen von Cora erfahren hatte.

»Ui, das ist ja noch aufregender als ich dachte.«

Aria zog ein Fläschchen aus ihrer weißen Kitteltasche: »Ich habe mit meiner Großmutter in Tampere telefoniert. Sie hat mir von einem alten Hausmittel gegen Mücken erzählt, und ich habe dir ein Fläschchen abgefüllt. Du wirst es brauchen können. Auf Flusskreuzfahrten wimmelt es nur so von Mücken.«

»Und außerdem«, jetzt flog ein breites Grinsen über ihr Gesicht, »und außerdem habe ich noch ein bisschen an der Rezeptur getüftelt. Du musst was gegen deine Sommersprotten tun, sonst werden die sich unter der Wassersonne wie die Karnickel vermehren.«

Sommersprotten? Wassersonne? Arias eigene, oft lustige Wortkreationen. Aber warum auch nicht? Meistens trafen ihre Wortschöpfungen den Nagel auf dem Kopf.

Ich bin so blass wie hessischer Quark im Mondlicht und so rothaarig wie die Hexe Winifred. Und habe so viele Sommersprossen wie einst Pipi Langstrumpf in ihren besten Zeiten.

Aria drückte mir ihre selbstgemixte Tinktur in die Hand und trollte sich.

Sie war fest davon überzeugt, dass sie mit dem Wissen ihrer Großmutter und ein paar geheimnisvollen Zutaten, allen Stechbiestern und schmerzhaften Sonnenbränden auf meiner Kreuzfahrt eine lange Nase zeigen würde.

»Leoni, du sollst zu Wandelmann kommen. Sofort.«

Die freche Bille hielt noch den Hörer in der Hand, als sie mich auszufragen versuchte: »Hast du was ausgefressen? Das klang eben gar nicht gut. Du sollst alles stehen und liegen lassen und dich beeilen.«

Winfred Wandelmann ist besagter Kaufmännische Leiter, der mich bereits angeblafft hatte, weil Rüdiger nicht vor Ort war.

Und Bille, eine unserer PKAs, nutzt jede Gelegenheit, Nanokrümel an Gerede und Geschwätz zu einer Blume von Jericho erblühen zu lassen.

Na Bravo!

Ich schaute in den Spiegel über dem Waschbecken und fuhr mit allen zehn Fingern durch meine krausen, roten Haare. Ergebnislos.

Heinzelmännchen und Wandelmann sind die beiden Männer im Krankenhaus, denen man geflissentlich aus dem Weg gehen sollte. Bei dem einen drohen Abmahnungen, bei dem anderen Ärger wegen Unregelmäßigkeiten. In beiden Fällen die Kündigung.

Seufzend machte ich mich auf den Weg.

Wandelmann ist ein kleiner, unauffälliger Mann mit beginnender Glatze, und nie ohne Fliege am Hals zu sehen. In der Farbe passend zum Anzug. Heute trug er beigekariert.

»Bitte nehmen Sie Platz.«

Ich sah ihn erwartungsvoll an. Ich hatte mir nichts vorzuwerfen.

»Wir erwarten in den nächsten Tagen eine externe Revision.«

Also doch. Es war also doch was dran an dem Verkauf an einen privaten Träger.

Einmal in meinem Leben wollte ich cool sein: »Ja, und wie kann ich Ihnen da behilflich sein, Herr Wandelmann?«

»Nun ja, wir haben Unregelmäßigkeiten bei den Barbituraten in Ihrer Apotheke festgestellt.«

»Ach ja?« Ich konnte meinen Mund nicht halten und fragte nach: »Seit wann ist das meine Apotheke? Und was wollen Sie damit andeuten?«

Wandelmann lächelte eiskalt: »Ich will gar nichts andeuten. Herr Dr. Hafermann meinte nur, dass Sie des Öfteren den Drogenschrank nicht abschließen würden, wenn Sie aus dem Raum gehen. Stimmt das?«

Ich wusste meine Empörung kaum zu zügeln: »Wenn er damit andeuten will, dass ich den Drogenschrank offengelassen habe, um die benötigten Formulare aus dem Nebenraum zu holen, dann stimmt das. Aber ich hatte die offene Tür ständig im Blick, und es dauerte auch nur eine Minute. Längstens. Und da hatte auch kein Unbefugter Zutritt zu dem Raum.«

Ich war sauer, obersauer und machte einen Fehler: »Im Übrigen prüft Herr Dr. Hafermann alle Ein- und Ausgänge wöchentlich auch noch persönlich nach.»

Damit manipulierte ich mich blöderweise in eine Verteidigung, die ich nicht notwendig hatte.

Wandelmann nahm die Brille ab und putzte sie sorgfältig mit einem eigens aus dem Etui gezogenen Tüchlein.

Er ließ sich Zeit.

»Und was passiert dann?«

Ich zuckte mit den Schultern: »Keine Ahnung, ich nehme an, danach gehen die Papiere in die Verwaltung. So genau weiß ich das nicht.«

Wandelmann stand auf und verabschiedete mich: »Vielen Dank Frau Lustig, Sie können jetzt wieder an Ihre Arbeit gehen. Ich brauche Sie nicht mehr.«

Ich verzog mich.

So ein Arschloch, so ein Oberarschloch! Und das passte auf beide, Rüdiger wie auch Wandelmann.

Die Tage plätscherten vor sich hin.

Ich ging Rüdiger aus dem Weg und machte Diät.

Ich hatte gehört, dass die Verpflegung auf dem Schiff exzellent sein sollte. Jenna hatte gesagt, dass in dem Gewinn die volle Verpflegung und auch ein unbegrenztes Getränkepaket für zwei Personen enthalten seien. Der Badeanzug kniff jetzt schon, also war Hungern angesagt.

Denn schenken wollte ich denen nichts.

Mit dieser Diät, und allen anderen Diäten zuvor, war ich kurz vor dem Implodieren. Meinem Bauch ging es mega schlecht und meinem Seelenleben sowieso.

Ich sah nur noch Menschen, die unablässig Burger und Pizzastücke, wie auch Torten und Eisbecher in sich reinstopften. Jenna allen voran.

Meine Mutter war am Verzweifeln. Sie stellte mir wortlos ihre gut gemeinten Rohkostsalate ohne Öl vor die Nase und flüchtete schnellstens. Mit mir konnte man derzeit nicht reden.

Rüdiger fasste mich mit Samthandschuhen an.

Kurz vor der Abreise kam er angekrochen: »Es tut mir echt leid, meine Süße, dass ich so ungerecht zu dir war. Ich bin momentan einfach unglaublich unter Druck. Meine Frau macht mir die Hölle heiß und will unbedingt in so eine kostspielige Villa nach Kronberg ziehen. Und dieser Zahlenfuzzi aus der Buchhaltung klopft mir ständig auf die Finger. Du bist die Einzige, die mich wirklich versteht. Du hast mich immer verstanden. Du bist doch meine Beste, meine Süße. Sei mir bitte nicht länger böse.«

Er konnte manchmal unwiderstehlich sein, und auf dem Labortisch war er unbestritten der Größte.

Ich schwebte im siebten Himmel und wollte gar nicht mehr auf dieses blöde Schiff.

Der Abreisetag kam mit stolzen drei Kilo weniger auf den Rippen.

Ein Taxi sollte uns zum Flughafen bringen. Dort würden zwei Plätze in der Ersten Klasse nach Paris auf uns warten.

»Und was passiert dann in Paris?«, nörgelte ich rum. Ich wäre lieber bei Rüdiger geblieben.

»Nun sei doch nicht so ungnädig. Für uns ist gut gesorgt. Dort wartet ein Fahrer mit einer Limousine auf uns, der uns zum Anlegerhafen nach Orléans bringt.«

Ich war besänftigt und sank zufrieden in die Kunstledersitze unseres Taxis.

Auf dem Flug bestellte ich mir Champagner bis zum Abwinken. Jenna zog mit, und unser Atem wetteiferte mit der gern zitierten Pariser Champagnerluft.

Am Charles-de-Gaulle Flughafen wartete in der Ankunftshalle ein Chinese mit einem Schild auf uns.

»Willkommen im Namen der Reederei und Ihrem Schiff. Es heißt Wan Da.«

Ich musste feixen, das schrie nach Wortspielereien.

»Und ich bin Dan, Ihr Reiseleiter.«

Wan Da, Dan da, Tralala. Der Champagner in unseren Adern hatte eine Halbwertszeit von Atommüll.

Jenna schob sich nach vorne und kicherte: »Hallo Herr Danda von der Wanda, ich bin Frau Winda, die Gewinnerin des Preisausschreibens. Und das Model für die Aufnahmen. Und das ist Frau Lustig, meine Begleitung. Bringen Sie uns zum Schiff?«

Der Chinese schaute Jenna aus tiefgründigen, dunklen Schlitzaugen an und sprach in fehlerfreiem Deutsch: »Ja, Frau Winter, ich stehe Ihnen auf der ganzen Reise jederzeit zu Diensten.«

Er schnappte sich Jennas überdimensionalen Koffer auf Rädern, ihre prall gefüllte Reisetasche und ihren riesigen Schminkkoffer.

Ich folgte ihm mit meinem dürftigen Rollköfferchen bis zum Ausgang, wo eine weiße Audi Sonderanfertigung mit Chauffeur bereits auf uns wartete.

Dieser 5,51 Meter lange elektrische Raumgleiter bot allen nur erdenklichen First-Class Komfort. 2,01 Meter breit, kam dieser Traum von einem Auto aus einer chinesischen Produktion und war, wie uns unser Reiseleiter Dan versicherte, genau genommen noch nicht auf dem Markt. Und in Europa schon gar nicht. Aber unsere Reederei mache stets Unmögliches möglich.

Herr Dan riss die gegenläufig zu öffnenden Türen auf, und wir ließen uns in die bequemen Einzelsitze aus rotem Leder fallen.

Er holte eine gekühlte Flasche Champagner aus dem integrierten Eisfach. Mit einem leisen pfff … öffnete er die Flasche mit dem berühmten gelben Etikett. Leise surrend schob sich vor unseren Sitzen ein Tischchen nach vorne, und er reichte uns zwei gut gefüllte Champagnergläser mit einem Schälchen Edelnüsschen.

Herr Dan setzte sich artig neben den Fahrer und drehte sich zu uns um: »Wünschen Sie vorab eine kleine Sightseeingtour durch Paris oder möchten Sie direkt zu

Ihrem Schiff fahren? Wir haben ungefähr zweieinhalb Stunden Fahrt bis zum Ablegerhafen vor uns, aber wir können gerne einen kleinen Umweg machen.«

Jenna klatschte in die Hände.

»Sightseeing bitte, Herr Dan. Ich kenne Paris von früheren Zeiten nur aus Hotelzimmern. Da hatte ich beim Shooting nie Zeit für sowas.«

Herr Dan entpuppte sich als belesener Kenner der französischen Metropole, und der Chauffeur als geschickter Fahrer.

Den Pariser Verkehr übersteht man entweder mit geschlossenen Augen oder mit entschlossenem Todesmut. Wir bekamen von beidem reichlich.

Die Fahrt vom Flughafen führte uns durch die östlichen Vororte der Hauptstadt, über das 18e, das 9e, wie auch das 2e Arrondissement, in Richtung Orléans.

Herr Ling, unser Chauffeur, fuhr elegant und zügig durch die breiten Boulevards und flink durch die engen Gassen, an den bedeutendsten Sehenswürdigkeiten der französischen Hauptstadt vorbei. Der E-Motor schnurrte leise wie eine Katze.

Aber der Verkehr war mörderisch. Viel zu oft musste sich Herr Ling flott zwischen den Fahrzeugen durchdrängeln, die Hupe ständig im Einsatz. Die motorisierte Pariser Bevölkerung antwortete ihm postwendend laut hupend.

Paris braucht keine Polizei im Straßenverkehr, das regelt sich irgendwie von ganz alleine.

Wir sprachen dem Champagner weiterhin kräftig zu, und Herr Dan schenkte fleißig nach. Er selbst trank keinen einzigen Schluck.

Unser Reiseleiter zeigte auf eine weiße Basilika und Jenna klatschte in die Hände: »Das ist Sacré-Coeur, schau mal Leoni, Sacré-Coeur! Endlich sehe ich die Basilika mal aus der Nähe.«

Das weithin sichtbare Wahrzeichen des Montmartre-Viertels thronte strahlend weiß auf der 130 Meter hohen Butte.

Herr Dan erzählte uns, dass Sacré-Coeur in den Jahren 1875 bis 1914 erbaut wurde. Aufgrund der zum Bau verwendeten Château-Landon Steine und den zahlreichen ornamentalen Strukturen spräche man auch von einem Zuckerbäckerstil. Die hellen Travertinsteine gäben witterungsbedingt Kalkspat ab und überstrahlten mit ihrer kreideartigen, weißen Farbe die ganze Stadt.

Wir wühlten uns mehr und mehr durch die Innenstadt.

Am rechten Seineufer begrüßte uns die Opéra Garnier im Stil Napoléon III.

Herr Dan nahm seinen Job als Reiseleiter ernst und erzählte uns, dass der Bau 1875 nach einem heftigen Kampf zwischen dem in Paris dominierenden Stadtplaner Eugène Hausmann zugunsten des weniger bekannten Architekten Charles Garnier entschieden wurde.

Ein hoher Grundwasserspiegel erschwerte die Fundamentlegung, und der deutsch-französische Krieg führte zu Verzögerungen in der Fertigstellung.

Mit der Eröffnung wurde die Oper zum größten Theaterbau der Welt erklärt.

Herr Dan erzählte auch, dass die Oper der Originalschauplatz des »Phantom der Oper« sei. Angeblich waren unheimliche Geräusche in der Unterwelt und ein mysteriöser Unfall im Jahre 1896 der reale Hintergrund für das Musical. Der unterirdische See, auf dem das Phantom mit seiner Barke fährt, existiere wirklich, wenn auch nur als Lösch-wasserbecken für die Pariser Feuerwehr.

Wir fuhren am Musée d'Orsay vorbei.

Der Bahnhof d'Orsay spielte von 1900 bis 1939 eine zentrale Rolle für den Fernverkehr in den Südwesten. Er verlor nach und nach an Bedeutung und wurde 1977 auf Initiative des damaligen Präsidenten Valéry Giscard d'Estaing in ein Museum für das 19. Jahrhundert umgewandelt. Erst nach einem politischen Wechsel wurde das neue Museum von dem nachfolgenden Präsidenten François Mitterrand im Jahr 1986 eingeweiht.

Dieses Mal konnte ich etwas beitragen und schwärmte von den vielen prächtigen Gemälden, von Cezanne, Gaugin, Monet, Renoir und van Gogh. Von den üppigen Bühnendekorationen und den glitzernden Roben bekannter Theater- und Filmdiven, entworfen von Erté, einem russisch-französischen Illustrator, Bühnenbildner und Modedesigner aus der Art-Déco Zeit, die mich in trüben Stunden von Antoines Affären ablenken sollten. Und dem begehbaren Glasboden, über den man durch die Innenstadt von Paris aus dem 19. Jahrhundert bummeln konnte.

Der Fahrer bremste scharf ab, hupte und schoss wieder los.

Der Arc de Triomphe liegt auf der historischen Achse von Paris, die sich von der Grande Arche de la Défense in dem quirligen Pariser Geschäftsviertel, über die Champs-Elysées und den Place de la Concorde, bis hin zum weltweit bekannten Louvre Museum erstreckt.

Von den Gängen der Ministerien aus der Arche können Besucher schnurgerade bis zu dem Bogen des Arc de Triomphe blicken.

Der Arc de Triomphe befindet sich auf dem Place de l'Étoile, der seinen Namen den zwölf großen Straßen, die sternförmig in alle Himmelsrichtungen abgehen, verdankt.

Paris ohne Eiffelturm wäre nicht Paris. Der Eiffelturm ist wohl die berühmteste Pariser Sehenswürdigkeit und zählt zu den meistbesuchten Wahrzeichen der Welt.

Der Tour Eiffel wurde nach seinem Erbauer, dem Ingenieur Gustave Eiffel, benannt. Dieser ließ ihn 1900 anlässlich der Weltausstellung in Paris errichten. Die Bevölkerung verspottete ihn zunächst als hässlich, später jedoch wurde er voller Stolz und Begeisterung angenommen.

Neun Aufzüge bringen die Besucher in 324 Meter Höhe. Die Besucherplattform war über viele Jahre gesperrt, weil die Selbstmordrate überhandnahm. Heute ist das Wahrzeichen von Paris mit aufwändigen Kautelen abgesichert.

Im ersten Stock lockt ein Selbstbedienungsrestaurant mit einem Glasboden und einem fulminanten Ausblick über die Stadt. Auf der zweiten Etage des Eiffelturms befindet sich das Sterne-Restaurant »Jules Verne«. Die dritte und letzte Etage beherbergt eine Champagnerbar und ein nachgebildetes Büro von Gustave Eiffel.

Die Preise sind abartig hoch, was aber die jährlich sieben Millionen Besucher keineswegs abschreckt.

Bei Dunkelheit ist das Wahrzeichen der Stadt hell angeleuchtet und glitzert alle halbe Stunde mit tausend blinkenden Lichtern.

Unser Chauffeur fuhr einmal rund um den Platz der Bastille.

In seiner Mitte erhebt sich die Julisäule, überragt vom berühmten Genius der Freiheit. Der Platz verdankt vor allem aber der Französischen Revolution von 1789 seine Bekanntheit. Zu dieser Zeit stand hier das Bastille Gefängnis, das kurz nach der Revolution zerstört wurde.

Unser Fahrer ließ uns noch einen Blick auf das berühmte Panthéon werfen, einem ehemalig religiösen

Gebäude im neoklassizistischen Stil und von beeindruckender Größe.

Inzwischen ist das monumentale Gebäude die nationale Ruhmeshalle Frankreichs und Ruhestätte großer Persönlichkeiten. In der Krypta befinden sich die Grabstätten von Alexandre Dumas, Victor Hugo, Jean-Jacques Rousseau, Voltaire, Émile Zola, und anderen mehr. Der derzeitige Präsident Macron holte 2021, mit Einverständnis der Familie, die Gebeine der franco-amerikanischen Sängerin, Schauspielerin, Tänzerin und Widerstandskämpferin Josephine Baker ins Panthéon.

Wir fuhren weiter in Richtung Südwesten, an Versaille vorbei, über die RN10 auf die A10.

Herr Dan erklärte uns, dass das Schloss zugleich königliche Residenz, Geschichtsmuseum und Nationalpalast sei.

Unter dem Sonnenkönig Ludwig XIV. begann der Umbau des vormals kleinen Jagdschlosses in einen großen Palast. Der preußische König Wilhelm I. ließ sich dort 1871 zum Deutschen Kaiser ernennen. An gleicher Stelle wurde 1919 mit dem Friedensvertrag von Versailles der Erste Weltkrieg beendet. Auf einer Fläche von 715 Hektar erstrecke sich ein weitläufiger Schlosspark, der mit barocken Bauten, kunstvoll gestalteten Brunnen und geometrisch ausgerichteten Gärten beeindruckt …

Herr Dan hatte bei jedem Wahrzeichen kräftig nachgeschenkt, und seine Sätze plätscherten erst sachte wiegend, dann summend wie dicke Hummeln an meinen Ohren vorbei.

Nach und nach vermischten sich seine Worte mit den leisen Schnarchgeräuschen von Jenna und mir. Wir verpassten schlafend die Fahrt durch die Kornkammern des Loiret.

Jenna gähnte kurz und murmelte: »Sind wir schon in Orléans?«

Sie fuhr mit allen zehn Fingern durch die Haare und zog sich die Lippen nach. Die dunkle Mähne in den Nacken geschleudert, schlüpfte sie in ihre hochhackigen Sandaletten und strich kurz über das schilfgrüne Slinkydress.

Fertig! Sie sah aus wie vom Titelblatt eines Modehefts entsprungen.

Als sie aus dem Wagen stieg, stand bereits ein Pulk Fotografen parat und knipste was das Zeug hielt.

Jenna war in ihrem Element.

Ich schlüpfte in meine bequemen Slippers, griff zur Schultertasche und lief zum Schiff. Sollte sich doch Herr Dan um das Gepäck kümmern. Auch um meins.

Da lag es: schneeweiß, relativ lang, nicht sehr breit und auch nicht sehr hoch, auf einem roten Luftbett im Wasser. Am Bug strahlte ein großer gelber Stern mit seitlich vier kleineren gelben Sternen auf rotem Grund. Daneben der schwungvolle rote Schriftzug »Wan Da«.

Ich musterte es andächtig.

Man hatte für dieses Schiff einen eigenen Hafen gebaut, denn der Fluss ist auf diesem Abschnitt für Passagierschiffe dieser Größe teilweise nicht schiffbar.

Vor der Gangway standen bereits ein paar Leute in Grüppchen herum. Wahrscheinlich Mitreisende.

Eine junge Frau in blütenweißer Uniform, mit einem Klemmbrett in der Hand, winkte mir zu.

Neben einem Stehtisch mit Eiskübeln und Champagnergläsern stand ein kleiner Chinese in einem roten Overall, der bei meinem Anblick eine der vielen Flaschen entkorkte.

»Guten Tag Frau Lustig, herzlich Willkommen an Bord Ihres Schiffs. Ich bin Frau Fang, Ihre Chefstewardess. Herr Wú und Herr Xù, Ihre beiden Kapitäne, werden Sie und Frau Winter heute Abend an Ihrem Tisch begrüßen.«

Sie griff nach einem Glas: »Möchten Sie ein Glas Champagner, Frau Lustig?«

Woher wusste Frau Fang, dass ich Frau Lustig bin?

Ich schnappte mir das Glas und trank es zügig aus. Ich hatte einen Riesendurst.

»Ich möchte gleich auf mein Zimmer, Frau Fang. Wo bekomme ich die Schlüssel?«

Frau Fang übergab mir mit einem schiefen Lächeln eine Plastikkarte: »Mit dieser Karte kommen Sie in Ihre Kabine mit der Nummer 2. Damit können Sie auch Ihren Kabinensafe öffnen, sobald Sie einen Zusatzcode Ihrer Wahl einprogrammiert haben. Wenn Sie irgendeinen Wunsch haben, wenden Sie sich bitte an mich. Ich wünsche Ihnen einen angenehmen Aufenthalt, Frau Lustig.«

Spätestens jetzt hatte ich kapiert, dass mein Zimmer eine Kabine ist. Mit der Karte hatte mir Frau Fang einen Schiffsplan in die Hand gedrückt.

Ich musste nach rechts in den hinteren Teil des Schiffs. Also los!

Bei der Gelegenheit fiel mir auf, dass Frau Fang Deutsch mit mir gesprochen hatte.

In der Lobby wartete ein roter Overall mit chinesischem Gesicht auf mich. Er führte mich durch einen langen Gang mit dekorativen Bullaugen auf der einen Seite und zwölf Passagierkabinen, vorbei an den Nummern 24, 22, 20, 18, 16, 14, 12, 10, 8, 6 und 4, auf der anderen Seite.

Ganz am Ende, gleich neben der letzten Kabine, unserer Kabine Nummer 2, gab es an der Rückseite noch eine Hintertür nach draußen.

In der Kabine fiel mir fast die Kinnlade runter. Es war doch ein Zimmer, ach was, ein Salon.

Ein schmaler Flur, der rechts in die Toilette und links ins Bad führte, öffnete sich weit auf eine bodentiefe Fensterfront. Hellgelbe Outdoor-Möbel luden auf einem langen, schmalen Balkon zum bequemen Sitzen im Freien ein.

Ein Meter vierzig breite Einzelbetten verschwanden fast in zwei Nischen. Nahezu unsichtbare Einbauschränke, ein Tisch mit zwei bequemen Sesseln und ein zierlicher Schreibtisch mit einem handgeschnitzten Stuhl, chinesischer Provenienz, nahmen dem Raum weder Licht noch Weite.

Rote und gelbe Akzente griffen mit cremefarbigen Polstermöbeln und Bettüberzügen dezent auf die Nationalfarben der Reederei zurück.

Die versteckten technischen Raffinessen sollte ich erst Stunden später entdecken.

Ich entschied mich für ein warmes Duschbad und ließ es in dem geräumigen, in Weiß und Gold ausgestatteten Bad, ausgelassen plätschern und spritzen.

Jenna klopfte an die Badezimmertür: »Willst du da drin übernachten? Mach hin, ich will vor dem Abendessen auch noch duschen.«

Wer zahlt bestimmt. Es war Jennas Preis, also sprang ich schweren Herzens aus dem sprudelnden Nass.

»Ich soll dir schöne Grüße von meiner Mutter ausrichten. Minki geht es gut, sie hat gut gefressen und sich auf ihrem Schoß kraulen lassen.«

Meine Mutter hatte sich bereit erklärt, den Futterdienst für Jennas Katze zu übernehmen. Und auch die sonstigen Dienstleistungen für eine Wohnungskatze.

Jenna fummelte an dem eingebauten Safe herum: »Wir sollten »Minki« als Code nehmen, was meinst du? Da kommt keiner drauf.«

»Einverstanden, aber da müssen noch ein paar Zahlen dran. Wann hat Minki Geburtstag?«

Jenna schaute mich großäugig an: »Keine Ahnung. Woher soll ich das wissen?«

»Aber wie alt deine Katze ist, das weißt du schon, oder?«

»Ja doch, sie ist so um die vier Jahre alt.«

Also gut, wir einigten uns auf den minimalistischen Geheimcode »Minki 004« und steckten unsere Preziosen in den Safe, bevor wir aufgebrezelt die Kabine für das Abendessen verließen.

Wobei sich das Aufbrezeln in meinem Fall auf eine blaue Hose und eine weiße Bluse mit blauen Paspeln beschränkte.

Jenna hatte in den Tiefen ihrer Gepäckstücke gewühlt, um später ihren Schrank, wie auch die Hälfte meines Schrankes, mit ihrer aufwändigen Garderobe zu belegen.

Sie entschied sich für ein rotes Etuikleid mit tiefem Ausschnitt, das wunderbar zu ihren dunklen Haaren passte. Ich musterte sie begeistert. Sie sah umwerfend aus, und ganz klar, Jenna hatte auf diesem Schiff auch gesellschaftliche Verpflichtungen zu erfüllen.

Ein roter Overall-Boy führte uns in den Speisesaal an einen Fünfertisch, an dem bereits unser Reiseleiter Dan und ein deutsches Ehepaar saßen.

Die beiden Deutschen glänzten mit Übergewicht. Der Herr hatte sich in ein bordeauxrotes Dinnerjacket gezwängt, und die Dame brillierte mit protzigem Schmuck, wo immer ein Plätzchen dafür zu finden war.

Herr Dan stand auf, rückte uns die Stühle zurecht und verbeugte sich tief: »Darf ich Ihnen Herrn und Frau Becker vorstellen?«

Das waren also unsere Tischnachbarn, mit denen wir uns auf der ganzen Reise die Mahlzeiten teilen würden.

Herr Becker schaute Jenna in den Ausschnitt und lächelte leicht verkrampft. Soviel Schönheit hatte er nicht erwartet.

Das Tischgespräch floss mehr als zäh, und man musste es unserem Reiseleiter hoch anrechnen, dass er

die peinlichen Schweigeminuten geschickt zu über-
spielen verstand.

Erst als Herr Becker dem Tischwein reichlich
zugesprochen hatte, lockerte sich die Stimmung und
Herr Becker erzählte uns, dass er mit der Reederei
geschäftlich verbunden sei. Seine Frau und er seien aus
Wattenscheid und die Schrott-Beckers, eine bekannte
Größe in Sachen Schrott und Altmetall, weltweit
bekannt. Hasse was, bisse was, wonnich!

Auch das längste Abendessen geht einmal zu Ende,
und beim Nachtisch kamen die Herren Wù und Xù, die
beiden Kapitäne, an unseren Tisch.

Sie begrüßten uns mit charmanten Worten in einem
tadellosen Deutsch, und ich sollte im Laufe der Zeit noch
lernen, dass jeder Chinese auf diesem Schiff blitzschnell
in die Muttersprache des jeweiligen Gastes wechseln
konnte.

Jenna und ich flüchteten nach ihren letzten Sätzen in
unsere Kabine.

Neugierig blätterte ich in dem bunten Bordprospekt. Endlich hatte ich was Schriftliches in der Hand.

Da stand, dass das Schiff Platz für zwölf Doppelkabinen mit WC und Dusche, Panorama-TV, sowie einen ein- und ausfahrbaren Balkon und WLAN-Anschluss habe. Ein Speisesaal, eine Bar, ein Salon und eine Cocktail-Lounge stünden für kommunikative Abwechslung zur Verfügung. Auf Deck gäbe es noch eine Poolbar mit Swimmingpool, der in einen beleuchteten Tanzboden, bzw. in eine Bühne umgewandelt werden könne, sowie ein Sonnendeck. Und eine, wie ich später feststellte, vollkommen überteuerte Boutique. Selbstverständlich wären Serviceleistungen wie Wäscherei und Reinigung, Massage, Friseur, wie auch SPA und ärztliche Betreuung individuell im Angebot. Die komplette Verpflegung, alle Getränke an Bord, sowie alle Ausflüge seien auf der Reise im Preis inbegriffen.

Ich wusste von Cora, dass auf der Jungfernfahrt vierundzwanzig handverlesene Gäste geladen waren. Davon je vier Männer und Frauen aus einem anglo-amerikanischen und einem französischen Team für die Fotoreportagen, Jenna und ich, sowie 14 anderweitig wichtige

Passagiere. Mehr passten nicht auf diesen schaumgeborenen, chinesischen Luxusliner.

Zwei Kapitäne, zwei Erste Offiziere, zwei Ingenieure, zwei Sterneköche und 16 Bedienstete aus dem Service seien um das Wohl der Passagiere bemüht. Ich rechnete nach: 1:1 Betreuung pro Passagier. Das war beachtlich. Ich las weiter: Jeder noch so ungewöhnliche Wunsch werde möglich gemacht, und die Gäste seien herzlichst eingeladen, dies auszuprobieren.

Ein Plan mit technischen Informationen lag extra bei. Darin wurden die WLAN-Koordinaten, eine Einweisung für den ein- und ausfahrbaren Balkon und dem versteckten, versenkbaren Fernseher sowie der Klimaanlage erklärt. Per Klingelknopf stünde uns selbstverständlich zu jeder Tages- und Nachtzeit ein Kabinensteward zur persönlichen Verfügung.

Uff!

»Sag mal, hast du eine Ahnung, was so eine Reise kostet?«

»Nö, nicht die Bohne.«

Jennas Handy klingelte. Sie ging auf den Balkon.

»Du, das ist momentan ganz schlecht. Ich rufe dich in einer Minute zurück, okay?«

Jenna verschwand in der Dusche. Und drehte den Wasserhahn auf.

Hallo, hat sie die noch alle? Was sollte dieser Hype um ihren neuen Sugardaddy? Ich nahm mir vor, Jenna bei der nächstbesten Gelegenheit darauf anzusprechen.

Wir beschlossen, noch für einen Absacker an die Bar zu gehen. Höchste Zeit, den Rest der Gäste kennenzulernen.

Die geheimnisvolle Tür am Ende unseres Ganges öffnete sich auf eine kleine Plattform mit einem grandiosen Ausblick auf den Flusslauf.

Ein paar Fermob Loungeliegen luden zum Verweilen ein. Eine eiserne Wendeltreppe, mit nach unten offenen Gitterstufen, führte nach oben über das Sonnendeck direkt zur Poolbar und zum Pool.

Das da oben war Jennas Ding. Dort trieben sich die Aufnahmeteams und ein paar männliche Passagiere rum. Jenna wurde mit großem Hallo begrüßt und verschwand mitten unter den Männern.

Ich setzte mich etwas abseits an die Reling und schaute auf den Fluss.

»Hi, ich bin Jona. Der Fotograf von der anglo-amerikanischen Crew. Ich habe dich vorhin gar nicht bei den Ankunftsaufnahmen gesehen. Was für eine Rolle spielst du in diesem Irrsinnsspektakel?«

Hä? Was meint der? Glaubt der etwa, ich gehöre zu Jennas beruflichem Dunstkreis?

Ich räusperte mich und klärte ihn auf: »Ich bin nur die Einladung der Gewinnerin des Preisausschreibens.«

Jona musterte mich ausgiebig.

»Ach, sie hat auch das Preisausschreiben gewonnen? Ich dachte, sie wäre nur das Fotomodell, das uns die Reederei vor die Nase gesetzt hat.«

Dabei griff er sich, wohl unabsichtlich, an seine etwas zu lang geratene Nase.

»Willst du was trinken? Einen Cocktail, Schampus? Hier ist alles inklusive.»

»Ich habe einen Wahnsinnsdurst. Nach dem ganzen Champagnergedöns ist mir momentan nur nach Wasser. Gibt's sowas auch in Flaschen und nicht nur unter dem Schiff?«

Jona lachte und ging zur Bar.

Als er zurückkam, stellte er mir eine kleine Wasser-flasche und ein Glas vor die Nase und schenkte ein.

»Sorry, das war das Einzige, was sie mir angeboten haben. Du kannst hier jede Alkoholsorte der Welt be-kommen, aber Trinkwasser nur in Minimaldosen.«

Der Typ hatte nette Grübchen, eine zu lange Nase und einen gebildeten amerikanischen Akzent.

Plötzlich fingen meine Ohren an zu klingeln, und mich überkam eine bleierne Müdigkeit und Schwere. Ich konnte mich kaum noch auf den Beinen halten.

Hatte der Typ mir was ins Wasser getan?

»Du sorry, ich baue gerade irgendwie ab. Entschul-dige mich bitte.«

Ich schaffte es gerade noch bis in die Kabine, bis aufs Bett, und weg war ich.

Übermüdung? Stress? Vielleicht k.o. Tropfen?

Ich blieb mir selbst die Antwort schuldig und bekam von Jennas Rückkehr in den frühen Morgenstunden null und nix mit.

Vor dem Frühstück ist mit mir nichts anzufangen. Ich brauche meinen Kaffee und ein halbes Brötchen; danach bin ich ansprechbar.

Jenna sprühte trotz ihrer kurzen Nacht bereits vor Unternehmungslust. Und nervte mit guter Laune.

»Du, schau mal raus. Wir sind die ganze Nacht durchgefahren.«

Jetzt lagen wir still auf dem Wasser.

Es interessierte mich nicht. Kaffee, schrie mein Kopf und auch mein Bauch.

Im Speiseraum erwartete uns ein Frühstücksbuffet, das mit appetitlichen Delikatessen aus der ganzen Welt angerichtet war. Jede Platte strotzte nur so vor kunstvollen Verzierungen aus geschnitzten Früchten und Gemüse. Tomaten erblühten zu Rosen, Radieschen erstrahlten wie filigrane spanische Fächer. Die Butter lag in silbernen Schälchen in Form von Lotusblüten, Grünzeug verzierte die angebotenen Leckerbissen mit reichem Dekor. Bunte, exotische Früchte bildeten Türme an gesunden Vitaminen.

Chinesen in roten Overalls lasen uns jeden Wunsch von den Augen ab.

Sie sahen für mich alle gleich aus.

»Orangensaft? Mangosaft? Pampelmusesaft? Heiße Schokolade, Kaffee oder Tee? Bitte sehr. Brötchen, Croissons oder Toast? Aber gerne doch. Rührei, Spiegelei, Ei im Glas? Selbstverständlich, ganz wie Sie wünschen. Ein Gläschen Champagner? Bitte sehr, und sehr zum Wohl.«

Herr Becker hatte mehr Appetit auf Jenna als auf die angebotenen Leckerbissen. Er überschlug sich förmlich vor Aufmerksamkeit und Höflichkeit.

Er sprang auf und rückte Jennas Stuhl in die richtige Position.

»Wie haben Sie die erste Nacht geschlafen? Und was haben Sie heute Nacht geträumt? Sie wissen doch, was man in der ersten Nacht träumt, das geht in Erfüllung.«

Die Erfüllung seiner Träume stand ihm buchstäblich ins Gesicht geschrieben. Und was ich geträumt hatte, interessierte ihn wie ein Sack Reis, der in China umfällt.

Herrn Beckers Augen verweilten immer öfter und immer länger in Jennas großzügigem Ausschnitt.

Frau Becker schaute giftig.

Ich hielt mich an Variationen von gebeiztem Lachs und mediterran eingelegten Crevetten, dazu Toast. Danach stürzte ich mich auf die Croissons mit einer exquisiten Aprikosenmarmelade. Und Kaffee, viel Kaffee. Herrlich!

Jenna hielt mit und toppte das Ganze noch mit Rührei und einer Art Schwarzwälder Kirschtorte. War die chinesisch oder à la française? Jedenfalls nicht aus dem schönen Schwarzwald, aber mindestens doppelt so hoch wie ihre deutsche Schwester.

Ich schaute sprachlos zu. Wo futtert dieses Weib das nur alles hin?

Herr Becker leckte sich die Lippen bei jedem Bissen, den Jenna in sich hineinschaufelte.

Frau Becker verging der Appetit.

Jona kam vorbei, nickte uns zu und setzte sich an den Tisch mit dem Englisch sprechenden Team. Dort ging es bald laut und lustig zu.

Inzwischen war der Saal gut besetzt. Ich schnallte schnell, dass es zu unserem Tisch noch einen anglo-amerikanischen und einen französischen Aufnahme-teamtisch, einen chinesischen sowie je einen mit französischem und amerikanischem Zungenschlag besetzten VIP-Gästetisch gab.

Alle VIPs wurden jeweils von einem chinesischen Mittelsmann vom Schiff an ihren Tischen betreut. Bemerkenswert.

Frau Becker fing an, ihre giftigen Blicke in Worte zu kleiden: »Falls du deine Augen in den Griff kriegen könntest, würdest du mir bitte den Zucker rüberreichen?«

Na Bravo, das konnte ja heiter werden.

Ich versuchte die Stimmung zu retten und sprach Frau Becker auf ihre zahlreichen Ringe an den Händen an. Bei jeder Bewegung glitzerten und sprühten die Diamanten an ihren Fingern glamourös. Besonders ein blauer Stein an der linken Hand hatte es mir angetan. Fünf Karat? Mindestens, so wie die anderen auch.

»Wirklich wunderschöner Schmuck, den Sie da tragen, Frau Becker. Exquisit, auch in der Ausführung.«

Ich hatte keine Ahnung von dem Glitzerkram, ich wollte nur für gute Stimmung sorgen. Sie sprang direkt darauf an.

»Rechts, am Ringfinger, das ist Lulu, am Mittelfinger Cara und am Zeigefinger trage ich Bonny.«

Hä, seit wann haben teure Klunker solche Namen?

Herr Becker schaltete sich mit einem jovialen Lächeln ein: »Sie müssen wissen, ich habe die Lieblingshunde meiner Frau nach ihrem Tod in Kristalle umwandeln lassen. Und an ihrer linken Hand ist die Asche ihrer Mutter, ihrer Schwester und ihrer Großmutter. Allerdings als lupenreine Diamanten.«

Nun ist die Asche von Verblichenen, egal ob Tier oder Mensch, nicht unbedingt ein Thema für den Frühstückstisch, aber ich hatte uns da hineinmanövriert, da musste ich irgendwie auch wieder raus. Nur wie?

»Äh, Verzeihung, aber ich verstehe nicht ganz?«

Herr Becker holte langatmig aus: Mit nur 500 Gramm Asche der geliebten Verblichenen könne man sich in Holland, Belgien, Tschechien, oder auch in der Schweiz, lupenreine Diamanten herstellen lassen. Man brauche dazu nur die vorgegebene Menge Asche, einen sehr hohen Druck und die entsprechende Zeit für das Wachsen in Karat, und natürlich das nötige Kleingeld.

Die Klunker für Madames Lieblingshunde seien gleichfalls rein sentimentaler Natur, aber entsprechend preisgünstiger.

In die Verwandtschaft seiner Frau habe er hingegen kräftig investiert, denn man sei ja Geschäftsmann durch und durch, und Diamanten seien immer noch die beste Geldanlage. Er habe selbstverständlich die besten Kontakte in Tschechien genutzt, um 1a Qualität zu erwerben. Prag sei inzwischen eine der ersten Adressen auf dem diesbezüglichen Diamantenmarkt.

An Frau Beckers linker Hand tummelten sich so an die 150.000 Euro. Und da waren ja auch noch die belegten Plätze an Hals, Busen und Handgelenk. Frau Becker war eindeutig mit einer prachtvoll verblichenen Verwandtschaft gesegnet. Und ein wandelnder Tresor.

Ich wechselte mit Jenna einen kurzen Blick. Wir verstanden uns auch ohne Worte und entschuldigten uns mit Jennas beruflicher Karriere an Bord. Ich musste ja nicht erklären, dass ich dabei absolut nichts zu suchen hatte.

Jennas Handy klingelte.

Ich verzog mich aufs Sonnendeck. Ich war immer noch in einer Art Jetlag und froh, dass ich noch eine Sonnenliege direkt am Pool ergattern konnte. Minuten später schlief ich ein.

»Hallo Frau Lustig, bitte aufwachen. Es ist Zeit für das Mittagessen an Bord. Möchten Sie, dass ich Sie zu Ihrer Kabine begleite?«

Wieder stand so ein roter Overall neben mir, dessen Gesicht absolut gleich aussah wie unsere Bedienung am Frühstücksbuffet.

Ich blinzelte in die Sonne, und versuchte sein Namensschild zu lesen.

»Ah, Herr Lang. Ja bitte, bringen Sie mich zu meiner Kabine, mir ist ein wenig schwummerig. Ich bin, glaube ich, in der Sonne eingeschlafen.«

»Ich bin Lang, Frau Lustig, nur Lang bitte. Ich bringe Sie in Ihre Kabine.«

Unterwegs rannten wir fast in die Arme eines schmächtigen Mannes, der sich schon am ersten Abend unangenehm an Jennas Fersen geheftet hatte.

»Haben Sie Jenna gesehen? Ich suche Jenna. Ich muss sie unbedingt sprechen.«

»Guten Morgen. Nein, ich habe sie seit dem Frühstück nicht gesehen. Kann ich ihr etwas ausrichten?«

Ich mag es gar nicht, wenn ein Mann so ganz ohne Begrüßung mit der Tür ins Haus fällt.

So viel Zeit muss sein!

Er hatte mich auf Englisch angesprochen, einem gnadenlos schlechten Englisch.

»Ich muss sie unbedingt sprechen. Wissen Sie, wo sie ist?«

»Nein, aber wenn Sie mir Ihren Namen verraten, kann ich ihr ja sagen, dass Sie nach ihr gesucht haben.«

»Sagen Sie ihr, Bernard hätte nach ihr gefragt. Bernard Moreaux, sie weiß dann schon.«

Er war der Typ Mann, den ich nicht mal mit der Kneifzange angefasst hätte. Irgendwie schmierig. Und das Wort Höflichkeit war in seinem persönlichen Wortschatz offenbar auch nicht präsent.

Und überhaupt, was wollte der von Jenna? In Jennas Entourage passte er jedenfalls nicht.

In unserem Bad blickte mir im Spiegel ein hummerrotes Gesicht mit einem ebenso hummerroten Körper entgegen. Ich werde nicht braun, immer nur rot. Egal, ob nach einem natürlichen Sonnenbad im Freien oder unter der Sonnenbank. Nach ein paar Stunden kehrt meine übliche Blässe mit den Sommersprossen wieder zurück, als hätte ich niemals stundenlang versucht, eine gesunde Sommerbräune zu erlangen. So ungerecht kann das Leben manchmal sein.

Nach dem Duschen dachte ich an Arias Warnung und die ach so gefräßigen Mücken am Wasser. Ich griff zu Arias Tinktur und rieb mich sorgfältig ein. Dabei entspannte sich meine Haut sichtlich unter dieser Behandlung, und riechen tat es auch ganz gut. Ein leichter Nelkenduft umschwebte mich von Kopf bis Fuß.

Im Speisesaal saßen nur Herr Dan und ich am Tisch. Der Rest unserer Tischgesellschaft erschien während der gesamten Mahlzeit nicht.

Bei den Beckers hatte es wohl ordentlich gerumst!

Und Jenna war anderweitig beschäftigt!

Ich unterhielt mich angeregt mit unserem belesenen Reiseleiter und genoss die kunstvoll angerichteten Kreationen aus der Bordküche mit den Sternen. Wieder hielt ich mich an Fisch und anderem Meeresgetier, in der Hoffnung, dass die Kalorien an mir vorbeihuschen würden.

Jenna war seit dem Frühstück nicht mehr aufgetaucht. Sie hatte mir erklärt, dass sie den ganzen Tag beschäftigt sei. Besprechungen mit den Aufnahmeteams und ihren chinesischen Betreuern wären angesagt, und am Abend würden sie auswärts essen gehen. Ich solle mir keine Sorgen machen, sie wären mit dem Motorboot wieder rechtzeitig vor der nächtlichen Weiterfahrt zurück.

Unsere Kabine war einsam und verlassen, als ich vom Mittagessen zurückkam. Ich machte es mir mit einem Buch auf dem Balkon bequem.

Bald legte ich das Buch beiseite und schaute auf den Fluss. Ganz still lag er da. Das Schiff hatte es sich auf einer Sandbank gemütlich gemacht.

Am Ufer sah ich große, schwarze Vögel blitzschnell nach Fischen tauchen. Rundum zwitscherte und sang es leise. Ein leichter Wind bewegte die Blätter der Bäume am Uferrand. Diese Stille war überirdisch, trotz des Vogelgesangs. Ich nickte ein.

Verdammt, ich hatte vergessen, die Sonnenmarkise auszufahren. Meine Haut spannte nicht wirklich, aber ein seltsames Prickeln war da doch.

Ich sprang schnell wieder unter die Dusche und rieb mir nochmal Arias Wundertinktur auf die Haut, und oh, ah, welche Wohltat, das Prickeln hörte auf.

Von Jennas Rückkehr hörte ich nichts, von der nächtlichen Fahrt auf dem Fluss auch nicht. Aber ich wurde in einem Albtraum heftig von einem Spaziergang durch einen großen Ameisenhaufen geplagt.

Mitten in der Nacht schreckte ich auf. War es Jennas leises Schnarchen, das im Abgang wie ein kleines Mäusepiepsen klang, oder wollte ich einfach aus dem unangenehm krabbelnden Albtraum flüchten?

Ich weiß es nicht.

Ich brauchte Luft und schlich zu der kleinen Hintertür neben unserer Kabine. Irgendwie praktisch, so einen separaten Ausgang neben der Kabine zu haben, der wohl vom Rest der Passagiere noch nicht entdeckt worden war.

Leise setzte ich mich auf eine der Fermob Liegen und schaute auf den träge vor sich hin mäandernden Fluss. Eine eigentümliche Stimmung liebkoste sich durch die samtige Nacht.

Das Schiff glitt sanft über das Wasser, überbrückte sacht schleifend ein paar Sandbänke. Ab und zu sprang ein kleiner Strudel aus den Fluten, und der Mond verwandelte das Nass in phosphoreszierende, silbrig kräuselnde Ondulierungen. Ein funkelnder Sternenhimmel, so weit wie das Universum, spannte sich über dem Schiff.

Vom oberen Deck klang ein sanftes Flüstern. Ich spitzte die Ohren. Zwei Stimmen, die ich nicht kannte, raunten seltsame Sätze.

»Wie wollen wir …?«

»Ich habe mit … , … lässt uns … Hand.«

«Wie, keine irgendwie gesonderten …?«

»Sag ich doch, …, lediglich …«

Die Stimmen entfernten sich.

Ich konnte mir aus den bruchstückhaften Sätzen in französischer Sprache keinen Reim machen. Ohne Mimik und Gestik, dazu noch im geflüsterten Ton, hatte ich enorme Schwierigkeiten, ihren Sinn zu verstehen.

Wenn ich nicht so müde gewesen wäre, wäre ich ihnen vielleicht nachgeschlichen. Aus purer Neugier.

So gähnte ich nur leise, nahm noch einen tiefen Schluck Sternenhimmel aus dieser flimmernden Nacht und trollte mich wieder ins Bett. Und schlief durch bis zum Morgen.

Das Ameisengewimmel hatte sich ein anderes Opfer gesucht.

Jennas Gesicht hing nur wenige Zentimeter über meinem.

»Hast du schon mal in den Spiegel geschaut? Du siehst aus wie ein gesprenkelter Marienkäfer.«

Sie hätte es nicht besser beschreiben können. Meine Haut war wieder bleich, aber die Sommersprossen hatten sich verdoppelt. Ach was, verdreifacht! Diese Wassersonne, wie Aria so treffend sagte, hatte auf meinem Gesicht und meinem Körper unzählige Epheliden sprießen lassen. Pipi Langstrumpf wäre vor Neid erblasst.

Es brannte nicht, es spannte nicht, es tat nicht einmal weh. Es sah nur irgendwie sehr ungewöhnlich aus.

Arias Tinktur vollbrachte das Wunder, dass nach jedem Sonnenbaden meine Sommersprossen mehr und mehr zusammenwuchsen und sich in ein immer tieferes Ibizzabraun verwandelten. Und während unsere Mitreisenden mit entzündeten Stichen und Beulen zu den Mahlzeiten erschienen, roch ich nur leicht nach Nelkenöl. Frankreichs Mücken drehten sirrend vor mir ab und machten einen großen Bogen um mich.

Ich erklärte das Sonnendeck ab sofort zu meinem Lieblingsplatz auf dem Schiff.

Ein roter Overall mit chinesischem Gesicht stellte mir an der Poolbar einen kühlen Drink neben die Sonnenliege und verbeugte sich mehrmals.

»Wenn Sie noch einen Wunsch haben, Frau Lustig, heben Sie bitte nur die Hand. Ich bin Ihnen stets zu Diensten.«

Höflich waren sie ja, diese Chinesen.

»Gerne, Herr Lang.«

»Ich bin nicht Lang, Frau Lustig, ich bin Lian.«

»Oh, danke, Herr Lian.«

»Nur Lian bitte, Frau Lustig,«

Offensichtlich gab es so etwas wie eine Hierarchie unter dem Bordpersonal. Die leitenden Angestellten sprach man mit Herrn oder Frau an, die anderen

Bediensteten nur mit dem Namen. Nun ja, ich seufzte tief, man ist ja lernfähig.

Mein Smartphone klingelte in der Badetasche.

Ich wühlte mich durch einen leichten Schal, eine Sonnenbrille, eine Schachtel Pfefferminzbonbons, benutzte Tempotücher, ein paar Söckchen und da, endlich!

Auf dem Display erschien ein anonymisiertes Bild mit der Anfangsnachricht: »Hi, ich habe Sehnsucht nach dir. Bist du noch immer …?«

Mehr war auf dem Sichtgerät nicht zu sehen.

Ich schaute näher hin. Das war nicht mein iPhone, das war Jennas Handy. Wir mussten heute Morgen in der Eile die Geräte vertauscht haben.

Aha, ihr neuer Lover, dachte ich. Zu schade, dass nicht mehr drauf zu lesen war.

Ich legte das Handy neben meinen Drink und blätterte in dem Bordjournal. Mal sehen was die heute so alles im Angebot haben…

Eine aufgeregte, sichtlich verärgerte Jenna kam über das Deck gerannt und schlug mir den Prospekt aus der Hand.

»Hast du mein Handy eingesteckt? Du musst es haben. Ich habe meins überall gesucht!«

»Nun mach mal halblang, was regst du dich auf? Und ja, ich habe es, und du musst meins haben. Wir hätten nicht die gleichen Hüllen kaufen sollen, da kann sowas schon mal passieren.«

Sie griff, nein, sie grabschte nach ihrem Handy und rauschte einfach ab.

»Hallo, und wo ist mein Handy, bitte? Jenna, wo ist mein Handy?«

Ich bekam mein iPhone nicht zu sehen, und auch Jenna nicht mehr für den Rest des Tages.

Jona hatte frei und trieb sich am Pool rum.

»Hi Leoni, darf ich?«

Er plumpste neben mich auf die Liege, die gerade frei geworden war.

»Hast du schon für den Ausflug heute Nachmittag gebucht?«

Ich schüttelte den Kopf. »Nein, ganz ehrlich habe ich bei der Hitze wenig Lust auf eine schweißtreibende

Stadttour. Anderseits will ich mich auch nicht den ganzen Tag auf dem Schiff langweilen.«

Jona musterte mich und meinen inzwischen fast durchgehend gebräunten Körper und meinte: »Vielleicht solltest du deiner Haut auch mal eine Pause gönnen. Ich habe noch nie jemand gesehen, der innerhalb so kurzer Zeit die Farbe von Milchschokolade bekommen hat. Hattest du nicht mal Sommersprossen im Gesicht?«

Ich nickte und bestätigte ihm lachend: »Und wie! Und nicht nur im Gesicht. Ich habe von unserer finnischen PTA ein altes Hausmittelchen ihrer Oma gegen Mücken bekommen, das die Gute irgendwie noch aufgemotzt hat. Seitdem ich das anwende, wachsen meine Epheliden zusammen, und ich sehe aus als käme ich gerade von einem Mittelmeerurlaub zurück.«

»Das sollte sie sich patentieren lassen. Wenn das bei allen Sommersprossigen so wirkt, kann sie damit ein Vermögen machen.«

Ich dachte nach. Wo er recht hatte, hatte er Recht.

»Keine schlechte Idee, Jona. Ich werde sie drauf ansprechen.«

Ich musterte seine Hände aufmerksam. Leider keine Sommersprosse weit und breit.

»Man müsste an Bord jemanden finden, der sich als Versuchskaninchen zur Verfügung stellt. Kennst du hier jemanden mit Sommersprossen?«

»Hm, Pamela, eine von unseren Assistentinnen hat welche auf den Händen, soweit ich weiß. Aber die ist auch schon über Fünfzig, das könnten auch Altersflecken sein. Wenn ich mich recht erinnere, hat Jenna Sommersprossen. Am Busenansatz. Die müssen bei manchen Aufnahmen weggeschminkt werden.«

Ach ja? Das war mir irgendwie noch nie aufgefallen. Für ihre Unterwäscheaufnahmen musste diese Schminkerei jedes Mal ein ziemlicher Aufwand sein.

Jona sprang auf: »Weißt du was? Ich habe hier von einem tollen Winzer gelesen, der unterirdische Galerien hat. Schön kühl, und genau das Richtige bei diesem Wetter. Komm mit, wir machen uns einen schönen Nachmittag und besuchen ihn. Ich werde Frau Fang bitten, alles für die Fahrt vorzubereiten.«

Frau Fang besorgte uns einen Zodiac, der uns von Bord brachte und einen Wagen mit chinesischem

Chauffeur, der uns bis zu dem Empfangsgebäude des Winzers fuhr, und auch wieder zurück.

Warum nur hatte ich das Gefühl, überall überwacht und kontrolliert zu werden?

Das Loiretal ist vor allem für seine Schlösser bekannt. Und für die größte Ansammlung englischer Bürger, die sich ein Landhaus an den Ufern des Flusses mit seinen mehr als 55.000 Hektar großen Weinbergen und einer 800 Kilometer langen Weinstraße leisten können. Das Loiretal ist das längste Weinanbaugebiet und die drittwichtigste Weinregion Frankreichs. Jedes Jahr gehen rund 320 Millionen Flaschen Wein aus der Region in die ganze Welt.

Wir buchten eine Führung bei dem Winzer und tauchten unverhofft in ein professionell geführtes Spektakel über bildhafte Historie, exquisite Schaumweine und modernes Marketing ein.

Von einer hölzernen Plattform hatten wir einen weiten Blick auf das berühmte »Tal der Könige«, auf seine Hügel, seine Höhlenwohnungen und seine Schifffahrtswege.

Unsere charmante Fremdenführerin holte weit aus: Auf Lastkähnen verladen, wurde der Tuffstein einst zu den Baustellen in der Umgebung transportiert und die Wasserstraßen bis zum Erscheinen der Eisenbahn auch zum Transport der Weine genutzt.

Sie deutete auf das imposante Mutterhaus im Fachwerkstil, das links den aufgebrochenen Hügel aus Tuffstein zeigt und rechts in mehrere Anbauten und Hallen mündet.

Sie fuhr fort: Seit 1886 produziere das Maison Monmousseau in der Touraine eine Reihe von feinen Schaum- und Stillweinen. Die Tradition von Cave Monmousseau begann mit Alcide Monmousseau, der ein exquisites Weingeschäft gründete. Er entdeckte einen der wichtigsten Steinbrüche des »Tuffeau«, einem örtlichen Tuffstein, einen idealen Ort zur Weinherstellung. Nachdem der Steinbruch nach seiner Ausbeutung für den Bau der königlichen Schlösser der Loire aufgegeben wurde, bot ihm dieser Steinbruch die besten Weinkeller in einem Netzwerk von fünfzehn Kilometer vergrabenen Galerien, deren Temperatur, sommers wie winters, konstant bei 12° Celsius bleibt.

Alcides Neffe und Nachfolger erkannte zu Beginn des letzten Jahrhunderts große Ähnlichkeiten zwischen den Weinbergen der Champagne und denen der Touraine. Es gelang ihm, einen Grand Vin nach der Methode von Dom Pérignon herzustellen.

Heute sei das Haus eines der wichtigsten Weinproduzenten in der Touraine. Seit 1930 werden die Schaumweine in ganz Europa und in den Vereinigten Staaten vertrieben. Die Touraine-Böden und Rebsorten wie Chenin Blanc, Cabernet Franc, Orbois, oder Sauvignon böten eine einmalige Vielfalt und würden im Hause Monmousseau nach kontrollierten Spezifikationen der AOC in elegante und erlesene Weine ausgebaut.

Das Loiretal war einst auch die größte Ansiedlung des menschlichen Höhlenlebens in Frankreich. Wir betraten die spektakulären Gewölbe und Galerien des Weinguts und verschwanden in einem Labyrinth aus hellem, von unten warmgelb angestrahlten Tuffstein.

Uns bot sich ein Universum an Lichtern an.

In einer Kurve tauchten wir in ein erstaunliches Schauspiel ein: Blaugrüne Lichtteppiche, die von zwei renommierten Künstlern aus Bildtechniken der Glasmalerei stammen, boten eine beispiellose Vision der großen Schlösser der Loire und zeichneten bildhaft die Geschichte und den Ursprung der Keller auf.

Ein einzigartiger Ort im Herzen eines der größten Tuffsteinkeller der Touraine, und ein originelles Konzept, das Kunst und Geschichte verbindet.

Zum Schluss blieb noch die Weinprobe. Wir durften den hauseigenen Schaumwein und Weis-, Rosé- und Rotweine aus eigenem Anbau probieren.

Jona blieb am Crémant hängen.

In den Verkaufsräumen stapelten sich auch bekannte Marken aus renommierten Häusern der Umgebung, und ich entdeckte meine Lieblingsmarken Sancerre und Pouilly fumé, die nur 140 Kilometer weiter ausgebaut werden. Da gab es für mich kein Halten mehr; ich konnte nicht widerstehen und orderte mehrere Kisten, die ich mir nach Deutschland nachschicken ließ.

Wir kamen gerade noch rechtzeitig zum Abendessen zurück.

Jenna raunzte mich aufgebracht vor der versammelten Tischgesellschaft an: »Kannst du mir mal sagen, wo du gewesen bist? Ich habe dich überall gesucht. Wo warst du?«

Jetzt wurde es mir doch zu bunt.

»Bin ich dir Rechenschaft schuldig, wo und wann ich mit wem unterwegs bin? Die ganze Zeit turnst du zwischen den Aufnahmeteams rum, und plötzlich soll ich für dich verfügbar sein. Warum hast du mir nicht einfach Bescheid gesagt, als du dein Handy gesucht hast?«

Jenna kniff die Lippen zusammen und antwortete nicht.

Herr Becker meinte beschwichtigend: »Ehrlich, so toll war der Ausflug heute Nachmittag auch wieder nicht. Es war unerträglich heiß. So eine Stadtrundfahrt ist zudem sehr ermüdend. Insbesondere, wenn man dabei noch arbeiten muss, nicht wahr, meine Liebe?«

Er schaute Jenna schmachtend an, dann drehte er den Kopf zu mir.

»Ihre Freundin war, soweit ich gesehen habe, bei den männlichen Vertretern des französischen Aufnahme- teams in guten Händen.«

Irgendwie klang da Neid in seiner Stimme.

Ach, hätte er nur den Mund gehalten. Jenna stand einfach auf und rauschte davon. Ohne ein Wort der Entschuldigung.

Was war denn der über die Leber gelaufen?

Davor gab es noch ein unangenehmes Zwischenspiel. Als sie abrupt ihren Stuhl zurückstieß, traf sie unseren Tischsteward so unglücklich, dass sich die Beurre blanc, die Frau Becker nachgeordert hatte, heiß über Jennas Schulter ergoss.

Wei, unser Steward, war völlig am Boden zerstört und entschuldigte sich hundert Mal bei Jenna.

Die knurrte nur: »Ach, lasst mich in Ruhe, ihr könnt mich alle mal.«

Der kleine Tumult zog einige Aufmerksamkeit auf sich, und die fünf Chinesen am Nebentisch drehten die Köpfe. Kapitän Wù sprang auf, entschuldigte sich bei Jenna und sprach kurz ein paar zischelnde Worte mit Wei. Danach ging er wieder an den Tisch mit den chinesischen Herren zurück, wo leise und sehr eindringlich palavert wurde.

Yves, der kleine, gutaussehende Journalist aus dem französischen Team, kam an unseren Tisch.

»Was war denn das da eben?«

Ich erklärte ihm die Situation.

»Bitte Leoni, bleib doch noch einen Moment, ja? Ich schaue mal eben nach Jenna. Vielleicht kann ich sie ja beruhigen.«

Yves war von kleiner Statur, dafür mit einem großen Ego, einem sehr großen sogar, ausgestattet. Wo Yves auftauchte, drehte sich innerhalb kürzester Zeit alles um ihn. Er war klug, charmant und wusste interessant zu erzählen. Er passte absolut in die Trophäensammlung von Jenna.

Die beiden waren sich irgendwie sehr ähnlich.

Lustlos schlenderte ich im Dämmerlicht zwischen den verlassenen Sonnenliegen herum, bis ich wieder ein leises Flüstern vernahm. Dieses Mal kam es aus der Nähe der aufgereihten Rettungsringe, wo auch in sauberen Stapeln nautischer Kleinkram lagerte. Dahinter saßen zwei einsame Gestalten mit dem Rücken zu mir, von Planen halb verdeckt.

Dieses Mal war das Flüstern näher, und ich konnte sie besser verstehen.

»Jamais dans les cabines, entendu! Il faut se méfier, les Chinois sont partout. Croyez-moi bien, il y a des …«

Schritte näherten sich. Die Beckers, ausgerechnet!

Herrn Beckers lärmendes Organ vertrieb die beiden Flüsterer schon beim ersten Ton.

»Kommen Sie mit zur Barlounge? Heute Abend gibt's was für die Bildung. Muss ja auch mal sein, nicht wahr?«

Er lachte dröhnend über seinen eigen Witz. Es klang gekünstelt.

»Dort haben sie einen Flügel aufgestellt, und irgend so ein kleiner Chinese klimpert da rum.«

Ui, das Konzert! Fast hätte ich es vergessen. Ich hatte die Ankündigung in den täglichen Bordnachrichten gelesen und mich schon darauf gefreut.

Frau Liu, unsere Event-Managerin, hatte es tatsächlich geschafft, diesen jungen, aufstrebenden Pianisten, der sich langsam einen Namen auf der Weltbühne machte, an Bord zu holen.

In der Bar stand ein gläserner Flügel, und die Bordgäste saßen brav an ihren kleinen Bistrotischen und warteten auf den Star.

Auch dieser schmächtige, schmierige und anmaßende Franzose. Wie war nochmal sein Name?

Mir fiel siedeheiß ein, dass ich Jenna nichts von seiner Bitte erzählt hatte.

Frau Liu brachte mich an einen freien Platz neben einem französischen Ehepaar, das ich noch nicht kannte. Der Franzose erhob sich höflich als ich eintraf, und rückte mir meinen Stuhl in eine bequemere Position.

»Guten Abend Frau Lustig, ich bin Monsieur Guillemin, und das ist meine Gattin. Schön, dass wir uns heute Abend etwas näher kennenlernen dürfen.«

Die Bordgäste hatten Einblick in die Passagierliste, und bei der begrenzten Anzahl der Gäste war es nicht schwer, sich die Namen und Gesichter auf der Liste zu merken. Wenn, ja wenn man nicht so ein miserables Personengedächtnis wie ich hätte.

Ohne Jona wäre ich aufgeschmissen. Von ihm wusste ich, dass meine Tischnachbarn bekannte Kunsthändler waren und selbst eine beachtenswerte, private Kunstsammlung besaßen. Schwerpunkt Impressionismus aus der zweiten Hälfte des 19. Jahrhunderts.

Es waren angenehme Leute. Leise, dezent und auf der klassischen Musikbühne ebenso zuhause wie in der Malerei.

Herr Guillemin erzählte mir, dass er den Künstler persönlich kenne und machte mir nette Komplimente zu meinen holperigen Bemühungen, wieder in die französische Sprache zu finden.

Und dann kam er. Der gefeierte Gast des Hauses. Und spielte wie ein junger Gott.

Ich war so in seiner Musik gefangen, dass ich Zeit und Raum vergaß. Dieser begnadete und doch so bescheiden auftretende Künstler nahm mir mit seinem Spiel den Atem.

Nach dem Konzert kam er direkt an unseren Tisch. Er begrüßte Madame Guillemin und mich mit einem galanten Handkuss und sprach ein paar freundliche Worte über ein Gemälde, das er von meinem Tischnachbarn erworben hatte.

Danach habe ich den inzwischen weltberühmten Künstler nie wieder auf einer Bühne erlebt. Leider.

Jenna tauchte nach geschlagenen drei Stunden wieder auf und bewegte sich zwischen den Aufnahmeteams an der Poolbar als wäre nichts geschehen.

»Jenna, da hat so ein kleiner Franzose nach dir gefragt. Und sorry, den Namen habe ich vergessen.«

Jenna zeigte zu der französischen Aufnahmecrew rüber.

»Einer von denen?«

»Nö, nein. Tut mir echt leid, das war schon gestern. Ich hab's glatt vergessen. Muss einer von den VIP-Tischen sein.«

»Was wollte er?«

»Das wollte er mir nicht verraten, nur dass er dich dringend sprechen muss.«

Jenna zuckte mit den Schultern.

»Muss wohl nicht so wichtig gewesen sein.«

Jona unterbrach uns und stellte mir seine Assistentin vor.

»Das ist Pamela, und sie ist mit einem Versuch einverstanden. Du kannst ihr das Zeug gleich morgen nochmal auf die Hände schmieren. Da sind wir schon ziemlich früh zu Außenaufnahmen auf Schloss

Chambord unterwegs, und da wird's bestimmt wieder sonnig und heiß.«

Pamela erblickte im Südosten Englands das Licht der Welt, in der Domstadt Canterbury in Kent, und war mit der typischen Haut vieler Engländerinnen gesegnet. Rosig, zart, ohne Altersspuren im Gesicht. Einzig an ihren Händen konnte man ihr wahres Alter erahnen.

Ich erzählte Pamela alles über Arias Wundermittel, soweit mir die Zusammensetzung bekannt war, und zeigte ihr den durchschlagenden Erfolg an meinem Körper. Und erklärte ihr, dass ich wissen müsse, ob die Tinktur auch an anderen Hauttypen wirken würde.

Jenna hörte aufmerksam zu.

Pamela griff nach dem Fläschchen, das ich aus der Hosentasche gezogen hatte und schnupperte kurz daran.

Sie rieb sich sorgfältig die Handrücken ein.

»Hm, riecht gut. Irgendwie nach einem ganzen Strauß voller Nelken, meinen Lieblingsblumen. Also, dann bis morgen, Leoni.«

Kurz vor dem Zubettgehen knallte Jenna mir mein iPhone aufs Bett. Sie hatte zwei rote Punkte auf meine Handyhülle geklebt.

»Damit du nicht nochmal in die Verlegenheit kommst.«

Hallo, wer hatte eigentlich welches Handy falsch eingesteckt?

Im Frühstückssaal kam Pamela mit ausgestreckten Händen auf mich zu.

»Schau mal, es wirkt! Die Flecken wachsen rasend schnell zusammen.«

Ich betrachtete aufmerksam ihre Hände.

»Komm nachher in meine Kabine, Pamela. Wir schmieren noch eine Portion drauf, bevor wir losgehen. Das muss ich jetzt genauer wissen.«

Sicherheitshalber machte ich noch ein Foto. Wenn das Ergebnis so ausfallen würde wie ich vermutete, könnte Aria mit ihrer Tinktur ein Vermögen machen.

Als Pamela wenig später in unsere Kabine kam, drängelte sich Jenna vor.

»Bei mir auch. Alle guten Dinge sind drei. Wenn du es bei drei unterschiedlichen Hauttypen ausprobiert hast und es wirkt, kannst du dir ganz sicher sein.«

Sie schnappte sich mein Fläschchen und schmierte sich eine ordentliche Portion auf ihren Brustansatz.

Ach ja, genau! Jenna war heute für Außenaufnahmen gebucht.

Jenna bekam für die zusätzlich ausgehandelten Fotoaufnahmen ordentlich viel Geld. Dafür musste sie jederzeit an Bord und bei den Ausflügen für Aufnahmen zur Verfügung stehen.

An Bord waren gleichzeitig ein anglo-amerikanisches und ein französisches Aufnahmeteam eingeladen. Beide Teams arbeiteten für große internationale Reisefachzeitschriften und standen in heftiger Konkurrenz zueinander. Dass ihnen ein Fotomodell der Reederei vor die Nase gesetzt wurde, sorgte insbesondere bei der französischen Aufnahmecrew für beträchtlichen Ärger.

Heute war für uns alle ein Ausflug nach Schloss Chambord geplant, und Jenna hatte Sets mit beiden Teams.

Sie plapperte aufgedreht, während sie sich sorgfältig vor dem Spiegel zurechtmachte.

»Was kann ich dafür, dass die beiden Teams nicht ihre eigenen Models mitbringen durften? Außerdem habe ich inzwischen mitgekriegt, dass die Chinesen denen ganz schön auf die Finger schauen und genaue Vorgaben machen, was sie zu filmen und was sie zu schreiben haben. Den Amis ist das egal, die freuen sich, dass sie an Bord sein dürfen, umsonst futtern und saufen können und, soweit ich weiß, auch ordentlich geschmiert werden. Nur die Franzosen maulen ständig rum und fühlen sich in ihrer künstlerischen Freiheit beschränkt und in ihrer nationalen Ehre gekränkt.«

Sie legte das Rouge beiseite und kicherte: »Dabei sind sie sich aber nicht zu schade, ebenfalls ordentlich hinzulangen, wenn es für einen Extrawunsch ein Extrabakschisch gibt.«

Am Anlegeplatz wartete ein Bus auf uns, der die Ausflügler mit viel Komfort zu dem anvisierten Schloss brachte.

Schloss Chambord liegt nicht weit von Blois entfernt, in einem ausgedehnten früheren Jagdgebiet, und gilt als das prächtigste aller Loire-Schlösser.

Der Anblick verschlug uns fast die Sprache.

Schloss Chambord ist ein monumentales, aus hellen Tuffstein errichtetes Renaissanceschloss. Das größte Schloss im Loiretal steht seit 1981 auf der UNESCO Weltkulturerbeliste. Eine 32 Kilometer lange Mauer mit sechs Toren umschließt ungefähr fünfeinhalbtausend Hektar Land.

Herr Dan sammelte seine mehr oder weniger interessierte Teilnehmerschaft um sich. Die Chinesen vom Nebentisch waren nicht dabei. Jenna und die beiden Aufnahmeteams hatten sich gleich nach dem Busstopp zu Außenaufnahmen abgesondert.

Herr Dan begann die Geschichte des beeindruckenden Königshauses in drei Sprachen zu erklären:

Der 1519 begonnene Bau war das aufwändigste Projekt von Franz dem Ersten und sollte einerseits dem Hof als Jagdschloss dienen, doch wichtiger war es ihm, das Schloss als Symbol der Macht, der Leistungsfähigkeit und Stärke Frankreichs zu demonstrieren.

Der französische Schriftsteller Flaubert nannte Chambord einmal »*ein Denkmal des Stolzes, der sich betäuben will, um seine Niederlagen zu vergessen*«. Gemeint waren die militärischen Niederlagen, die Franz I. von seinem Rivalen Karl V. im Verlauf des 16. Jahrhunderts um die Vormachtstellung in Europa hinnehmen musste.

Da er von der Kunst und den Künstlern Italiens fasziniert war, baute er ein Renaissanceschloss, in dem sich italienische und französische Einflüsse mischten.

Die Hoffnungen des Königs erfüllten sich nicht, und so blieb Chambord nur ein überdimensioniertes Jagdschloss. Es diente weder ihm noch einem anderen französischen Herrscher als dauerhafte Residenz. Insgesamt lebte er dort nicht mehr als 19 Tage.

Auch wenn sich in Chambord kein fester Hof etablierte, so nahm das Schloss als Jagdsitz doch eine bedeutende Rolle ein. Während der großen Jagden wurden hier mehrere tausend Personen beherbergt. Abgesehen von den Jagdgesellschaften, stand der riesenhafte Bau mit 440 Zimmern weitgehend leer.

Frau Becker schaute ehrfürchtig auf die vielen Türme, Zinnen, Schornsteine, Giebel, Gauben und Erker.

Sie stupste ihren Göttergatten leicht in die Seite: »Das würden wir auch als Sommerhaus nehmen, was meinst du?«

Herr Becker legte ärgerlich seinen Zeigefinger auf die Lippen: »Lass den albernen Kram, Rosemarie, und sei still. Hör lieber zu.«

Er hielt offensichtlich nichts von den Plänkeleien seiner angetrauten Ehehälfte.

Ein Mann mit schlohweißem Haar und flink umherhuschenden Augen, den ich bislang nur vage an dem französischen VIP-Tisch wahrgenommen hatte, schaltete sich ein.

»Sie müssten schon etliche Louisdor übrig haben, Madame, um so ein Kleinod zu erwerben. Ganz zu schweigen, was der Unterhalt für so ein Anwesen verschlingen würde: Jäger, Förster, Gärtner, Köche, Diener, Dienstmädchen und andere Bedienstete, das sind laufende Kosten, die bewältigt werden müssen. Die großen Ländereien, die Jagd, die vielen Zimmer, die Instandsetzung der Gebäude - ein Fass ohne Boden.«

»Aber, …«, jetzt blickte er auf die ringgeschmückten Hände von Frau Becker, von denen er seinen Blick kaum lösen konnte, «… aber, man kann in Frankreich das eine oder andere Schlösschen auch schon für relativ kleines Geld erwerben.«

Frau Becker hatte ihm mit glänzenden Augen zugehört.

«Ach ja? Was würde denn so ein Schlösschen für den Hausgebrauch kosten?«

Monsieur Grand wusste, wovon er sprach: »Von verfallen bis renovierungsbedürftig hat unser Staat alles im Angebot. Sie könnten schon für fünfzig Euro zur Schlossbesitzerin werden. Es gibt da recht interessante Angebote, Madame. Sie müssten nur die Renovierungsarbeiten gemäß den Vorgaben des Denkmalschutzes in einem vorgegebenen Zeitraum abschließen, und schon sind Sie Schlossherrin in unserem schönen Frankreich.«

Herr Becker schaltete sich ein und plusterte sich auf: »Na, das mach ich doch glatt aus der Portokasse.«

Frau Becker hatte Blut geleckt, ihre Augen bekamen einen begehrlichen Glanz.

Schlossherrin in Frankreich, das wäre doch mal ein Thema in Wattenscheid. Da könnte so leicht niemand mithalten, auch diese alteingesessenen, bornierten Familien nicht, in die sie nie eingeladen wurde.

»Hätten Sie da eventuell Verbindungen?«

»Die meisten Anwesen stehen unter Denkmalschutz, Madame, und Sie wären verpflichtet, die Gebäude und Ländereien in ein repräsentables »monument patrimoine« umzuwandeln, wobei wir wieder bei einigen Millionen wären.«

»Und, Herr Becker ...«, er schmunzelte, »...gäbe das Ihre Portokasse immer noch her?«

Herr Dan ließ sich nicht so leicht aus der Fassung bringen und hatte den Diskurs akribisch übersetzt.

Die Beckers kamen ins Grübeln. Die würden doch nicht wirklich ...?

Herr Dan fuhr in seinem Vortrag fort: Das auffälligste Merkmal des Schlosses sei die ungewöhnlich reiche Dachlandschaft, die in dieser Form nahezu einzigartig sei. Hier fänden sich asymmetrisch angeordnete Kamine, Fenster und Türmchen in den beiden Schlossflügeln. Auch die großen Rundtürme würden starke Asymmetrien in der Anordnung der Fenster aufweisen, die sich bis zum Erdgeschoss hinziehen.

Unser Reiseleiter scheuchte uns weiter in Richtung Eingang.

An der Steinfassade, wie auch im Schloss, machte er uns auf Zeichen und Motive im hellen Tuffstein aufmerksam: den Salamander als immer wieder-kehrendes Motiv. Auf mehr als 300 Decken und Wänden hatte Franz I. den feuerspeienden Salamander als Hoheitszeichen gewählt, da diese Amphibie angeblich Feuer zum Erlöschen bringen kann. Damals ein wichtiges Thema in Zeiten der vielen offenen Feuerstellen.

Überall findet sich auch symbolhaft das »F«, die Verschmelzung von François und Frankreich.

Die berühmte offene, doppelläufige Treppe befindet sich im Zentrum des Bauwerks und ermöglicht den Zugang zur großen Terrasse, zur Etage der historischen Räume, wie auch der zweiten Etage mit dem Thema der Jagd.

Herr Dan zeigte uns auch, wie auf zwei ineinander verschränkten Spiralen der Wendeltreppe zwei Personen gleichzeitig auf- und abschreiten können, ohne sich je zu begegnen. Die Treppe wird von einer Kuppel gekrönt, deren Spitze die Lilie, das Emblem der französischen Monarchie, trägt.

Unser Reiseführer erzählte uns, dass François Ier und der italienische Künstler Leonardo da Vinci eine starke Verbindung hatten und man sagt, dass da Vinci der

Ingenieur und Architekt der berühmten Doppeltreppe gewesen sei. Sie hatten sich in Bologna kennengelernt, und der König lud den begnadeten Italiener zu sich ins Loiretal ein. Da Vinci residierte im Herrensitz Clos Lucé, um die Arbeiten zu überwachen, als er just zu Beginn des Bauvorhabens verstarb.

Im strahlend weißen Inneren des Schlosses führte Herr Dan uns unermüdlich durch Säle, Zimmerfluchten und Türme.

Obwohl das nahezu unbewohnte Schloss sich im Laufe seiner Geschichte oftmals als leer darstellte, beherbergt es eine umfangreiche Sammlung an Kulturgütern. Eine reiche Sammlung an Gemälden, Wandteppichen, Möbeln und Kunstgegenständen, erzählt von den unterschiedlichen Epochen vieler Könige sowie deren Gäste.

Und wieder erinnerte Herr Dan an den Dichter Flaubert. Als dieser im 19. Jahrhundert durch die verwaisten Räume des riesigen Schlosses schlenderte, sinnierte er über dessen seltsames Geschick: »*Es sieht aus, als ob es so gut wie nie benutzt worden und immer zu groß gewesen sei. Es ist wie ein verlassenes Hotel, in dem die Reisenden nicht einmal ihre Namen an den Wänden hinterließen.«*

Von dem Vierungsturm aus hatten wir einen atemberaubenden Ausblick auf den Park und die Gärten, wie auch auf das weitläufige Gelände des Wald- und Jagdgebietes.

Im Frühling 2017 wurden die Gärten des Schlosses neu angelegt. 600 Bäume, 800 Sträucher, 200 Rosenstöcke und 15.250 Pflanzen säumen die insgesamt 18.874 m² große Rasenfläche. Ein Park, der angeblich so groß wie Paris und damit der größte in sich geschlossene Park Europas sei.

Wir streikten, als Herr Dan uns zu einem Spaziergang auf markierten Wegen überreden wollte. Uns brannten die Füße. Und die Augen. Und das Hirn.

Ich hätte nicht gedacht, dass ich in der Lage sein würde, noch etwas essen zu können. Ich war vom vielen Laufen, Schauen und Zuhören so kaputt, dass ich dachte, ich würde keinen Bissen mehr runter bekommen.

Aber in dem Moment, indem wir uns an den Tisch setzten, kam der Appetit. Den anderen ging es offenbar ebenso.

»Diese Zandercremeröllchen sind ein Gedicht.«, flötete Frau Becker und winkte nach unserem Tischsteward Wei. Sie hatte ihren Vorspeisenteller mit Variationen von Hors d'Œuvres in Windeseile verschlungen.

»Herr Wei, bringen Sie mir die Vorspeise noch einmal. Die gleiche Menge, aber dieses Mal nur mit diesen deliziösen Zandercremeröllchen, bitte.«

Wei dienerte höflich: »Gerne, Frau Becker. Aber ich bin Bo. Nur Bo, bitte.«

Wie, was, wieso Bo? Ich schaute auf sein Namensschild. Wahrhaftig, da stand Bo drauf. Ich hätte schwören können, dass es Wei war, der uns da bediente. Aber egal ob Wei oder Bo, ich konnte die Chinesen sowieso nicht auseinanderhalten.

Frau Becker schlang ihre zweite Portion Vorspeise runter, danach gefüllten Lachs als Hauptgericht, und zauderte auch nicht bei den Käsevariationen ordentlich zuzulangen, die auf einem rollenden Wagen zur Auswahl standen. Ein Stück Eistorte verschwand in ihr ebenso wie ein großer Cappuccino mit mehreren zuckersüßen Petit fours als Beilage. Dazu Champagner und Wein.

Jenna hielt in gewisser Weise mit, aber sie hat definitiv die besseren Gene.

Ich gab nach dem zweiten Gang auf.

Mir fielen die Augen vor Müdigkeit fast zu, aber als ich das Resultat an den beiden Probandinnen sah, rief ich Aria noch am gleichen Abend an:

»Du musst dir das unbedingt patentieren lassen, hörst du! Deine Tinktur ist für alle Sommersprossigen und für alle Menschen mit Altersflecken der absolute Renner. Damit kannst du dich dumm und dusselig verdienen!«

Ich erklärte ihr ausführlich meine Versuchsergebnisse und schickte ihr auch Fotos auf dem Handy.

Aria versprach, sich darum zu kümmern.

Ich hatte meine Hausaufgaben gemacht und meine bequemsten Schuhe angezogen. Jenna hatte sich an Bord noch schnell ein Paar Snikers für 380 Euro gekauft. Das muss man sich mal vorstellen, 380 Euro für ein Paar lumpige Turnschuhe!

Dieses Mal ankerten wir in der Stadt in einem offiziellen Hafen, von dem wir einen einmaligen Blick vom Fluss auf Schloss Amboise hatten.

Das Königsschloss von Amboise steht 40 Meter über der Loire am Ende eines Tuffsteinfelsens. Das über der Stadt und dem Fluss auf einem Felsplateau errichtete Schloss zählt zu den wichtigsten Schlössern der Loire und war im 15. und 16. Jahrhundert häufig königliche Residenz.

Aber es ist wesentlich kleiner als Schloss Chambord.

Herr Dan erläuterte uns schon auf dem Schiff den gut sichtbaren Minimes Turm: Der Turm hätte seinen Namen von einem Minimitenkonvent erhalten, der sich am Fuß des Burgfelsens in direkter Nachbarschaft zum Turm befindet und habe einen Außendurchmesser von satten 23 Metern.

Die Rampe in seinem Inneren ist drei Meter breit und besitzt einen Belag aus grob behauenem Stein und Ziegeln. Sie windet sich um einen hohlen Kern mit sechs Meter Durchmesser, der zugleich als Belüftung und Beleuchtung diene. Der doppelte Zinnenkranz des

Turms ist das Ergebnis von mehreren Restaurierungen, und an der Basis von einem fünf Meter breiten Trockengraben umgeben. Sein unterer Eingang, über dem die Wappen Karls VIII. und Anne de Bretagnes prangen, war früher durch eine Zugbrücke und ein Fallgatter gesichert.

Herr Dan erläuterte begeistert, dass sich 400 Schlösser an den Ufern der Loire wie Perlen an einer Kette reihten und diese Anlage zu der Gruppe der meistbesuchten Schlösser im Loiretal gehöre.

An zwei Ecken des Schlossplateaus stehen zwei weitere, wesentlich kleinere Rundtürme, der Tour Pleine und der Heurtault Turm, in dessen Schlussstein ein Stachelschwein zu sehen ist, während die Kragsteine Tugenden, Laster und Sündige in satirischen und zum Teil recht obszönen Darstellungen zeigen.

Und damit war Herr Dan wieder in seinem Element. Er erzählte uns von allen Türmen der Anlage, von Segmentbogentüren, einem Fries mit Rankenrelief und vielen Gesimsen.

Er erzählte auch, dass die Anlage über viele Jahrhunderte zerfiel. Aber auch von Instantsetzungen,

Abrissen und Umbauten, und von geplanten, aber nie durchgeführten Renovierungsversuchen.

Er benannte die Fulcons, die Gottfrieds, die Theobolds, die Karls, die Ludwigs und noch andere Besitzer mehr, bis ich keinen der Herrscher mehr auseinander halten konnte.

Den meisten Besuchern erging es ähnlich - wir streikten.

»Genug Zahlen, genug Steine. Wir wollen an die Luft, in den Garten, das schöne Wetter genießen.«

Der Ziergarten, nach italienischen Vorbildern angelegt, war der erste Renaissancegarten Frankreichs. Der nach Entwürfen des Architekten Pierre-François Leonard Fontaine im 19. Jahrhundert gestaltete Landschaftsgarten hat einen stark mediterranen Einschlag. Die Bepflanzung besteht unter anderem aus Steineichen, in Form geschnittenen Buchsbäumen, Zypressen und Muskatellerreben.

Die unbebauten Flächen des Schlossareals verteilen sich auf eine große Esplanade im Nordwesten, die zur Zeit der Renaissance als Theaterplatz diente, dem Areal des ehemaligen Renaissancegartens, einen großzügigen

Landschaftsgarten, und einen modernen, orientalischen Gartenbereich.

In der Mitte der Freiflächen steht eine 1869 durch den Grafen Henri de Veauréal gestiftete da Vinci Büste und erinnert an die abgerissene Schlosskirche sowie an das ursprüngliche Grab Leonardo da Vincis.

Herr Dan dozierte weiter: Die Französische Revolution hätte kaum Auswirkungen auf Schloss Amboise gehabt. Ein Feuer im Jahr 1789 hätte lediglich einen Teil des Hauses der sieben Tugenden beschädigt.

Louise Marie Adélaïde, Herzogin von Orléans, erbte 1793 den Besitz, und nachdem sie im darauffolgenden April in Paris unter Arrest gestellt worden war, wurde ihr Schloss konfisziert, um es zu verkaufen. Weil die Republik die Anlage aber als Gefängnis benötigte, ließ die Revolutionsregierung ihre Verkaufspläne wieder fallen.

Ich hatte genug gehört und seilte mich ab.

In dem riesenhaften Garten standen früher auch Obstbäume zur Versorgung der Schlossbewohner.

Ich suchte nach Bäumen, nach Schatten. Ein etwas schwieriges Unterfangen in einem gestutzten Renaissancegarten.

Und ich hatte Durst.

Es war brütend heiß, und meine Zunge klebte wie ein gelbes Post-it an meinem Gaumen. Dabei hatte ich kein einziges Wort gesprochen. Das hatte Herr Dan für uns alle übernommen.

In einer stillen Ecke stand ein kleines Apfelbäumchen, das etwas Schatten spendete, und ich setzte mich auf die steinerne Umrandung eines Beetes. Das Bäumchen trug bereits saftige Frühäpfel.

Eine innere Stimme mahnte: Das macht man nicht, du darfst hier keine Äpfel klauen. Stell dir vor, das täte jeder Besucher. Undenkbar!

Aber der Durst war unerträglich.

Mein Blick blieb an dem verstaubten Ding, nahe der Beetumrandung, hängen. Vor mir lag ein vergessener, rotbackiger, herzförmiger Apfel. Ich schwöre, der Apfel lachte mich an.

»Iss mich«, flüsterte er.

Und ich ließ mich nicht zwei Mal bitten. Ich hob ihn auf, wischte ihn mit einem T-Shirt-Zipfel sauber und rieb ihn blank.

Der Saft spritzte weit als ich hineinbiss, und er rann mir aus den Mundwinkeln.

Schnell ablecken, nur kein bisschen vergeuden.

Ich seufzte tief auf und war voller Dankbarkeit für dieses wunderbare, kleine Stück Natur, das mir einfach so in den Schoß gefallen war.

Als ich mich der Gruppe wieder näherte, hörte ich Herrn Dans Stimme schon von weitem: Im Zweiten Weltkrieg beschädigten deutsche Bomben die Hubertuskapelle, den Penthièvre-Pavillon und das Logis des Königs. Nachdem deutsche Soldaten das Schloss eingenommen und besetzt hatten, installierten sie einen Funksender auf dem Schlossareal. Alliierte Truppen bombardierten das Schloss, um diesen zu zerstören. Nach Kriegsende begann eine Eigentümergesellschaft mit Restaurierungen, um die Kriegsschäden zu beseitigen.

Die Gruppe stolperte mehr, als dass sie lief, und die erschöpfte Meute traf, von Steinen, Zahlen und Hitze gequält, vollkommen erledigt an Bord ein.

Müde und verschwitzt saßen wir beim Abendessen am Tisch. Fürs Duschen war wieder einmal keine Zeit geblieben. Und einige Passagiere waren gar nicht erst erschienen.

Jennas Handy klingelte.

»Wir sehen uns nachher noch an der Bar, ja? Ich komme gleich nach.«

Ich war wütend, sie hatte mich mit diesen Worten praktisch aus der Kabine geschmissen. Schon wieder dieses Getue um ihren geheimnisvollen Sugardaddy!

An der Poolbar herrschte die reinste Aufregung.

»Wenn sie das nicht absichtlich gemacht hat, fresse ich einen Besen.« Frau Becker war noch immer aufgeregt: »Bevor sie das Bad geputzt hat, war er noch da. Ich hatte ihn auf den Beckenrand gelegt. Ganz sicher.«

Frau Becker sprach von dem Fünfkaräter, dem blauen Klunker aus der Asche ihrer Mutter. Jedenfalls war der weg als Frau Becker vom Klo kam und Jinjin, unser Zimmermädchen, aus dem gegenüberliegenden Bad scheuchte.

Sie war spät dran und musste sich noch für den Ausflug schminken.

Nun muss man wissen, dass unser Schiff vor technischen Finessen nur so strotzt. In den Kabinen war der Fernseher auf Knopfdruck versenkbar, per Handgerät konnte man die Klimaanlage, die Hintergrundmusik und die Beleuchtung regulieren, sogar die Balkone aus- und einfahren. Im Bad war es möglich, den Verschluss von der Dusche und dem Waschbecken per Knopfdruck zu heben, zu senken, zu öffnen und zu schließen.

Natürlich konnte man auch den Kabinensteward rufen, wenn man all diese Knöpfe nicht selbst betätigen wollte.

»Und da war er weg. Einfach weg. Das können Sie sich ja denken, dass ich nach diesem Vorfall keine Lust mehr auf dieses blöde Schloss hatte.«

Ach, deshalb waren die Beckers auf dem ganzen Ausflug, und auch beim Abendessen, nicht zu sehen gewesen.

Nicht, dass ich sie vermisst hätte, aber aufgefallen war es schon.

Es musste einen ziemlichen Wirbel gegeben haben. Mit einer Art Tribunal vor den beiden Kapitänen.

»Nun kriege dich mal wieder ein. Ist ja nochmal gut gegangen.«

Herr Becker musterte zufrieden Frau Beckers linke Hand, an der das gute Stück neben den anderen Diamantringen funkelte.

Sie zerdrückte ein Tränchen in den Augenwinkeln.

»Es war meine Mutter, ausgerechnet meine Mutter«, klagte sie und schluckte noch immer mühsam an ihren Worten.

»Bisschen aufwändig war es schon«, meinte Herr Becker, »aber nachdem der Klempner den Siphon aufgemacht hatte, fand er das gute Stück unversehrt im Ablauf. Fest eingeklemmt in der Biege.«

»Dieses dumme Gör hat meine Mutter einfach in den Abfluss gespült. Dieses blöde Pfannkuchengesicht, dieses blöde!«

Jinjin war auch unser Zimmermädchen, und eine ganz Liebe, eine ganz Nette dazu. Immer diskret, flink und sehr ordentlich. Ich war mir sicher, dass sie das nicht mit Absicht getan hatte. Vielleicht nicht mal gewesen war, denn Frau Becker hatte so eine wuschige Art an sich. Sie hätte den Klunker durchaus auch selbst in den Abfluss befördern können.

Aber wir wollen hier ja niemanden etwas unterstellen, nicht wahr?

»Sie sollten Ihren Schmuck nicht so herumliegen lassen«, konnte sich Herr Dan nicht verkneifen.

Herr Becker wiegelte ab: »Selbstverständlich ist die Verwandtschaft meiner Frau gut versichert, dafür habe ich gesorgt. Allerdings könnte keine Versicherung der Welt den sentimentalen Wert dieser Diamanten ersetzen.«

»Ich sage immer, wertvoller Schmuck gehört nicht unters Volk«, tönte es aus den Reihen des Englisch sprechenden VIP-Tischs.

Mr. Greenspleen, der deutsche Vorfahren hatte und mit seinen Deutschkenntnissen bei den Beckers gut mithalten konnte, hatte wohl vergessen, dass er eine dicke Rolex-Uhr am Handgelenk trug.

Er setzte noch eins drauf: »Ich meine, Diamanten gehören einfach nicht in die Öffentlichkeit.«

Frau Becker protestierte entschieden: »So ein Blödsinn, dann sieht ja niemand, dass ich sie habe.«

»Man muss mit allem rechnen, wenn man in der Öffentlichkeit steht. Nehmen Sie mich zum Beispiel, schwupp di wupp wird man bestohlen oder erpresst. Ich sage Ihnen, Diskretion in der Öffentlichkeit ist immer noch der beste Schutz. Was sich Ganoven heutzutage alles einfallen lassen, das haut einen glatt vom Hocker. Davon kann ich ein Liedchen singen.«

Mrs. Greenspleen, ebenfalls der deutschen Sprache mächtig, tätschelte Frau Beckers brillantgeschmückte Hand vertraulich.

»Uns ist da vor Jahren so ein Ding passiert, das uns noch immer nachhängt. Mitten am helllichten Tag, in einem Fünf-Sterne-Hotel auf Hawaii.«

Von Jona wusste ich inzwischen fast alles über die illustren Gäste an Bord. Auch, dass das amerikanische Ehepaar Greenspleen nur so im Geld schwamm. Mr. Greenspleen machte in Konserven und besaß Fabriken in Detroit und Alaska.

Und vorhin an der Bar hatte mir Jona noch rasch zugeflüstert, dass er wohl verstärkt in China investieren wolle.

Aha, daher wehte der chinesische Reedereiwind.

Mr. Greenspleens Stimme rollte von der Poolbar quer übers Deck: »Stellen Sie sich vor, man hatte unseren Jüngsten in Hawaii gekidnappt. Hat mich eine hübsche Stange Geld gekostet, um ihn wieder nachhause zu bringen. Ich musste reichlich Greenbacks locker machen.«

Frau Becker guckte die beiden Amerikaner erschrocken an: »Das ist ja abscheulich. Wie ist das passiert?«

Mr. Greenspleen warf sich in Positur: »Denen hab ich's aber gezeigt, das kann ich Ihnen flüstern. Als wir den Kleinen in Sicherheit gebracht hatten, habe ich zwei Privatschnüffler auf die Halunken angesetzt. Das war es mir wert. Und als ich sie dem Sheriff übergab, versprach der mir, sich um meine Greenbacks zu kümmern. Ein paar Lappen hab' ich wahrhaftig wiedergesehen.«

Der breite und ziemlich kurze Amerikaner wuchs durch die erfolgsgekrönte Erinnerung sichtlich in die Höhe.

Frau Becker gaffte Mrs. Greenspleen aufgeregt an. Neugier war ihr zweiter Vorname.

Dann plapperte sie los: »Das ist ja furchtbar. Erzählen Sie, wie konnte das passieren? Wie haben Sie das nur durchgestanden?«

Die Amerikanerin lächelte etwas verkrampft.

»Wir haben ihn in psychologische Behandlung geben müssen, er war danach völlig durchgeknallt. Und er hat es auch nur wenige Monate überlebt.«

Frau Beckers Fettbäckchen bebten vor Mitgefühl, ihr flossen die Augen über.

»Das ist ja entsetzlich, Frau Greenspleen, Sie Ärmste. Das ist ja ganz grauenvoll!«

Mr. Greenspleen strich seiner Gattin liebevoll über den Arm.

»Es war der Anfang vom Ende. Natürlich haben wir sehr um unseren Pepper getrauert. Aber wir hatten ja noch Rocky, Luna und Lucky, und Bella und Sammy. Die Chihuahua-Zucht war ein Hobby meiner Frau, und kurz nach dem Tod von Pepper haben wir sie gewinnbringend verkaufen können. Seitdem leben wir sehr zurückgezogen und haben nur noch Kira, ein Hundemädchen aus dem letzten Wurf einer bekannten Züchterin.«

Mir fehlten die Worte.

Nach ein paar Drinks beruhigten sich die Gemüter, und auch Frau Becker konnte wieder lachen.

Jenna tauchte wieder auf und zog, wie immer, alle Blicke auf sich. Zu einem königsblauen, trägerlosen Top trug sie eine weite, blau-gold gestreifte Hose, die bei jeder Bewegung um ihre Beine flimmerte und flirrte. Ihr makelloses Dekolleté schimmerte honigfarben, und ein leichter Nelkenduft umschwebte sie bei Schritt und Tritt.

Jenna!

Sie hatte sich heimlich aus meinem Fläschchen bedient, der Duft verriet sie.

Ich war wütend. Wenigstens hätte sie fragen können.

Herr Becker konnte nicht mehr an sich halten. Ein ganzer Tag ohne Jennas Anblick hatte sich in ihm angestaut.

»Jenna, meine Liebe, ihr Auftritt entschädigt alle Aufregungen des Tages. Sie sehen einfach bezaubernd aus. Und diese exquisite Duftnote ihres Parfums müssen Sie mir unbedingt verraten.«

Dieser Arsch! Diese »exquisite Duftnote« trug ich schon seitdem ich auf dem Schiff war, aber bei mir musste das Nelkenöl nach exquisiter Motorenschmiere riechen. Jedenfalls hatte er bei mir noch nie ein Wort darüber verloren.

Frau Becker musste ähnliche Gedanken gehabt haben, denn ihre Blicke sprachen Bände.

»Komm, Theo, es war ein anstrengender Tag gewesen. Frau Winter wird dir sicherlich auch noch morgen ihre ganz persönliche Duftkomposition verraten.«

Wir fuhren meistens nachts. Tagsüber machten wir Ausflüge oder hatten die Option an Bord zu bleiben.

Nach dem anstrengenden Landausflug und den zu vielen Drinks an der Bar, wachte ich mitten in der Nacht auf und schaute in die blasse Dunkelheit.

Wir hatten Vollmond, und man konnte die Umrisse der vorbeigleitenden Uferböschung sehen. Sanft glitten wir durch den großen Strom Frankreichs, vorbei an Eschen und Erlen, Pappeln und Platanen. Ab und zu eine Handvoll Häuser, ein kleiner Hafen, viel Natur. Manchmal gab es ein leicht schabendes Geräusch, dann glitt unsere Wan Da über eine Sandbank.

Sandbänke wachsen, Flussinseln verschwinden, Uferlinien ändern sich, tagsüber und auch nachts. Wie eine Amphibie bewegte sich das Schiff auf dem Wasser wie auch auf festem Grund.

Aus dem dichten Grün an der Wasserkante stieg plötzlich ein aufgescheuchtes Flattern nächtlicher Vögel.

Leise stieg ich aus dem Bett und schlich mich aus der Kabine. Die kleine Nottür mit der Wendeltreppe war mir inzwischen zu einem gern genutzten Aufstieg geworden.

Es war weit nach Mitternacht, und der Vollmond tauchte das Deck in eine skurrile Szene.

Kapitän Wù und Kapitän Xù tanzten eng umschlungen, selbstvergessen zu einer imaginären Musik. Nackt bis auf knallrote Tangas zwischen den feisten Schenkeln.

Es war eine mehr als groteske Szene. Die beiden gelben Leiber verschmolzen miteinander, waren eins. Nur der schmale Strich zwischen den Pobacken leuchtete knallrot.

Ich hatte einmal gelesen, dass chinesische Frauen rote Unterwäsche tragen, wenn sie lieben oder geliebt werden wollen. Aber, dass sich auch chinesische Männer in rote Unterwäsche werfen, wenn sie lieben, das hatte der Autor des Artikels nicht erwähnt.

Im Prinzip war mir das sowieso egal. Was mir viel größere Sorgen bereitete war die Frage, wer wohl in diesem Moment unser Schiff steuerte?

Auf der kleinen Plattform am Ende der Wendeltreppe stand ich noch eine Weile an der Reling und schaute in das schimmernde Wasser.

Ich verlor mich in den Anblick der auf dem Wasser spielenden Lichtreflexe und kam zu dem Schluss, dass ein autoritäres chinesisches Regime zwar einen Wei beim kleinsten Vergehen auswechseln, aber gegen die Macht einer im heutigen China noch immer umstrittenen Liebe offenbar nichts ausrichten konnte.

Ich ging zufrieden zurück in meine Kabine.

Bald war ich durch das diffuse Licht und die subtilen Geräusche wieder eingeschlafen.

Jinjin brachte mir am Morgen ein neues Badetuch. Jenna hatte meins in der Dusche ertränkt.

»Machen Sie sich nichts draus, Jinjin. In ein paar Tagen hat Frau Becker den Zwischenfall wieder vergessen.«

Jinjin schaute mich verständnislos an: »Ich verstehe nicht, Frau Lustig«, sie wiegte leicht den Kopf, »ich bin Xin, Frau Lustig. Und ich weiß nicht, wovon Sie reden.«

Ungläubig schaute ich auf ihr Namensschild. Wahrhaftig, da stand klar und deutlich »Xin«. Aber aussehen tat sie wie Jinjin.

Ich glaube, ich drehe nochmal durch mit den Ähnlichkeiten dieser Chinesen.

Die Schiffsirene tutete. Das war der Aufruf für den Ausflug nach Chenonceau.

Ich sollte mich sputen.

Für mich ist Schloss Chenonceau mit Abstand das schönste aller Schlösser, die wir mit Herrn Dan besuchen durften.

Es besteht aus einem nahezu quadratischen Wohngebäude, dem sich die berühmte Brückengalerie der Medici anschließt. Die Hauptgebäude stehen von Wasser umgeben am nördlichen Ufer des Flusses Cher, und die dreigeschossige Galerie überbrückt den Fluss mit fünf Bögen.

Das eleganteste und originellste der Loire-Schlösser wird auch das Schloss der Damen genannt, weil es die Frauen waren, die maßgeblich an der Gestaltung beteiligt waren.

Herr Dan war wieder in seinem Element.

Wir waren schon früh losgefahren und standen in der noch kühlen Morgenluft, als er locker loslegte: Als Heinrich II. 1547 den französischen Thron bestieg, schenkte er das Schloss seiner Mätresse Diane de Poitiers. Sie formte entscheidend das Aussehen Chenonceaus.

1551 entstand die Anlage eines zwei Hektar großen Gartens. Die Arbeiten dauerten rund fünf Jahre, und der Garten wurde einer der spektakulärsten und modernsten seiner Zeit. Für seine Beete spendeten Besitzer der schönsten Gärten Frankreichs Blumen und seltene Pflanzen. Die unzähligen Weißdornsträucher für dichte Hecken und Laubengänge, zahllose Wildrosen und Lilien, Paradiesäpfel- und Pfirsichbäume, verursachten enorme Kosten, und aus den umliegenden Wäldern wurden Veilchen und wilde Erdbeeren gesammelt, um sie im Garten anzupflanzen.

Um den Garten leichter zugänglich zu machen, wurde die Idee geboren, eine Brücke über den Fluss zu bauen. Eine Bogenbrücke mit einer niedrigen Galerie sollte nicht nur als Verbindung zum anderen Flussufer, sondern auch als Festsaal dienen.

Durch den Tod Heinrichs II. wurde aber nur die Brücke ausgeführt.

Nach seinem Tod wurde seine Witwe als Regentin für ihren gesundheitlich angeschlagenen Sohn Franz II. eingesetzt.

Schon lange wollte Katharina von Medici Chenonceau für sich besitzen und nutzte ihre neu gewonnene Macht, um die verhasste Konkurrentin aus dem Schloss zu jagen. Sie vollendete in sechs Jahren den Bau der großen Galerie und erweiterte einen Flügel der Wirtschaftsgebäude, wo sie eine Seidenraupenzucht aufbaute. Zudem ließ sie die repräsentative Nordfassade des Wohnhauses verändern.

Außerdem tat Katharina es ihrer Rivalin Diane de Poitiers gleich. Sie ließ den Garten in ein von Blumen- und Strauchbeeten umgebenes großes Wasserbecken umgestalten und importierte Zitronen- und Orangenbäumchen und pflanzte über 1.000 Maulbeerbäume für ihre geplante Seidenraupenzucht.

Katharina von Medici vermachte das von ihr so geliebte Schloss ihrer Schwiegertochter Louise de Lorraine-Vaudémont, der Frau Heinrichs III. von Frankreich. Nach dessen Ermordung trug die Witwe gemäß der höfischen Sitte nur noch weiße Trauerkleidung, was ihr den Beinamen »Die weiße Königin« einbrachte. Sie versank vollkommen in ihrer Trauer und lebte acht Jahre gänzlich zurückgezogen auf Chenonceau.

Hier machte Herr Dan einen Schnitt und überraschte uns mit der Ankündigung eines mittäglichen Picknicks.

Als wir die sechs weißen Zelte am Ufer des Flusses sahen, unter denen runde Tische mit bequemen Stühlen aufgestellt waren, bekamen wir eine vage Idee davon, wieviel die Reederei sich diese Mittagspause auf dem Schlossgelände hat kosten lassen.

Die Tische waren in blütenweißem Damast und feinstem Porzellan eingedeckt, hochglanzpoliertes Silberbesteck und funkelnde Gläser schimmernden um die Wette. Rosen auf den Tischen und an den Zelt-wänden verströmten betörende Düfte.

An jedem Tisch stand ein roter Overall-Boy und schwang riesenhafte Federfächer, um uns mit einer Brise Luft zu erfreuen.

Ein chinesisch-französisches Märchen aus 1001 Nacht!

Jenna und die beiden Aufnahmeteams stießen zu uns.

Es gab von allen Seiten ein lautes Hallo, als Jenna in einem authentischen Kostüm des 16. Jh., mit einem tief ausgeschnittenen, perlenbestickten Mieder im Stil der Medici, auftauchte.

Herr Becker hatte plötzlich winzige Schweißperlen auf der Stirn und atmete schwer.

Vermutlich lutschte er in seiner Fantasie jede Perle einzeln auf Jennas Mieder ab.

»Jenna, meine Liebe, sie sehen umwerfend aus. Die Medici und alle anderen Damen hätten einpacken können, wenn sie Sie in ihrer Epoche gesehen hätten.«

Herr Becker fuhr fort, und seine Komplimente wurden immer plumper, immer dreister.

Jenna lächelte etwas gequält, zumal Frau Becker ihren Gatten momentan wohl gerne unter der Guillotine gesehen hätte.

Die beiden rivalisierenden Damen wurden gerade noch rechtzeitig von einer Reihe chinesischer Overalls abgelenkt, als diese mit hochbeladenen Rollwagen an die Tische kamen.

Auf den Platten lagen aufgeschnittener Fasan, marinierte Entenbrustscheiben, kalte Roastbeefröllchen, in winzige Geleeperlen eingebetteter kalter Lachs, Gambas in asiatische Tunke getaucht, und auch Frau Beckers heißgeliebte Zandercremeröllchen durften natürlich nicht fehlen. Dazu eine großzügige Käseauswahl und ein Dessertwagen mit fulminanten Cremekreationen.

Frau Becker gingen die Augen über.

Ein kurzer Blick auf das Namensschild, und Frau Becker orderte eilig mit erhobener Stimme: »Hallo Herr Bo, von jedem etwas bitte«, sie deutete auf jede einzelne Platte, »davon, und davon, und davon auch. Und das da, was ist das nochmal?«

Herr Bo verbeugte sich: »Ich bin Bo, Frau Becker, nur Bo bitte. Und das sind marinierte Entenbrustscheiben, und das hier kalter Fasan.«

»Ja bitte, und ach ja, auch noch von den Zandercreme-röllchen. Davon kann ich nicht genug kriegen, da kann ich einfach nicht Nein sagen.«

Frau Becker konnte zu nichts Nein sagen und schlug kräftig zu.

Sie war so sehr mit Schlemmen und Kauen beschäftigt, dass sie gar nicht mitbekam, wie Herr Becker vorsichtig seine linke Hand auf Jennas Knie legte.

Und Jenna? Ließ es zu!

Der Champagner floss in Strömen, die Weine auch, und Herr Dan hatte seine liebe Mühe, sein Grüppchen wieder zum Schloss zurückzubringen.

Uns blieb nichts anderes übrig, ergeben hörten wir ihm weiter zu: Von 1597 bis 1733 blieb das Schloss von den nachfolgenden Erben meist vernachlässigt und ungenutzt.

1733 erwarb Claude Dupin das recht herunter-gekommene Schloss. Seine zweite Frau Louise belebte es anschließend neu, indem sie dort philosophische und literarische Salons veranstaltete. Sie stellte auch einen jungen Mann als Sekretär und Erzieher für ihren Sohn ein, der später von sich reden machen sollte: Jean-Jacques Rousseau.

Louise Dupin starb im Jahr 1799 und wurde im Park von Chenonceau begraben. Ihrer Beliebtheit war es zu verdanken, dass das Schloss die Französische Revolution unbeschadet überstand.

Das Schloss hinterließ sie ihrem Großneffen Graf von Villeneuve, und nach dessen Tod vererbten seine Nachfolger Schloss Chenonceau 1864 an Théophile Pelouze.

Pelouzes Frau Marguerite machte es zu ihrer Lebensaufgabe, das Schloss von 1865 bis 1878 unter hohem finanziellem Aufwand umfassend zu restaurieren. Sämtliche Gebäude der Schlossanlage wurden in den Zustand des 16. Jahrhunderts zurückversetzt. Bei den Arbeiten wurde auch die Innenausstattung des Logis erneuert, wenngleich nicht in authentischem Zustand. Ebenso die vollkommen verwilderten Gärten.

Sie knüpfte überdies an die alte Tradition der pompösen Feste im Schloss an.

Der Erhalt und die Wiederherstellung der Anlage in den Zustand des 16. Jahrhunderts zu versetzen, verschlang Marguerite Pelouzes gesamtes Vermögen.

Vollkommen überschuldet musste sie Chenonceau an ihre Bank abtreten.

Diese ließ es 1913 versteigern. Käufer war der Schokoladenfabrikant Henri Menier, dessen Familie noch heute Eigentümerin ist.

Während des Ersten Weltkriegs diente die Galerie als Lazarett.

Im Sommer 1951 beschlossen Hubert Menier und seine Frau, das Anwesen wieder aufzubauen. Zu jener Zeit waren alle Dächer der Gebäude abgedeckt und der Garten durch ein Hochwasser vollkommen zerstört. Erneute Wiederherstellungsarbeiten in den Innenräumen des Logis waren ebenso notwendig wie die Befreiung des großen Parks von Unkraut und dichtem Unterholz sowie die Renovierung der ehemaligen Pferdeställe.

Der heutige Zustand der Schlossanlage von Chenonceau ist das Ergebnis umfassender Restaurierungsarbeiten, die seit mehreren Jahren von der Familie Menier kontinuierlich durchgeführt werden.

Ich konnte nicht mehr. Mein Hirn brannte, mein Magen hing wie ein schwerer Sack irgendwo in der Mitte meines Körpers, und meine Füße taten grauenhaft weh. Ich wollte nichts mehr hören, keinen Schritt mehr tun.

Ich floh.

Gerade als ich ein schattiges Plätzchen am Ende der langen Brückenmauer gefunden und mich auf einen großen, flachen Stein gesetzt hatte, klingelte mein Handy.

»Weißt du was so eine Patentierung kostet? Die wollen 6.000 Euro von mir haben, und später noch mehr! Weißt du was eine PTA heutzutage verdient? Das kannst du vergessen, so viel Geld habe ich nicht auf der hohen Kante. Und meine Bank gibt mir keinen Kredit, weil ich keine Rückenversicherung habe.«

»Keine Rückenversicherung?«

»Ja, ja, du weißt doch, so ein Ding, wo du nur was geliehen bekommst, wenn du auch was hast. Ich habe nichts. Nicht mal Eltern oder Geschwister, die mir helfen könnten. Und meine Oma hat auch nichts.«

Hatte sie wohl, die Oma. Ein unbezahlbares Wissen, wie ihre Enkelin auch.

Okay, jetzt hatte ich es kapiert, sie meinte eine Rückversicherung, eine Sicherheit, eine Bürgschaft.

Aria schnaubte ins Telefon.

Ich überlegte kurz.

»Hör mal, was hältst du davon, wenn ich dir das Geld vorschieße? Ich könnte mich an dem Projekt beteiligen.«

»Das würdest du tun?«

Ich bin nicht nur Apothekerin, ich bin auch Geschäftsfrau.

»Ich rufe gleich meine Tante Cora an. Die ist Anwältin und Notarin und kann uns einen Vertrag aufsetzen.«

Gesagt, getan. Ich bat Cora, alles Notwendige zu unserer beidseitigen Zufriedenheit zu regeln.

Mir fiel die Szene an der roten Ampel wieder ein, wo Cora meinen Vater küsste. Mitten am helllichten Tag, mitten in der Stadt, auf dem Beifahrersitz in seinem Auto.

Ich fasste mir ein Herz und packte den Stier bei den Hörnern.

»Hör mal Cora, ich habe dich neulich im Auto meines Vaters gesehen.«

»Ja?«

»Ja, und da hast du meinen Vater geküsst. Mitten am helllichten Tag, mitten in der Stadt, an einer roten Ampel.«

Pause.

»Cora?«

»Ja?«

»Weiter hast du dazu nichts zu sagen, nur ein lausiges Ja mit einem Fragezeichen?«

Cora lachte etwas verlegen.

»Ach, das war als dein Vater mir versprach, mit Tyson zur Hundeschule zu gehen.«

???

»Wer, bitte schön, ist Tyson? Und was für eine Hundeschule?«

Coras Stimme klang etwas bemüht.

»Ach, hatte ich dir das nicht erzählt? Ich habe mir einen Boxerwelpen gekauft und bin mit deinem Vater zu der Züchterin gefahren.«

»Nein, hast du nicht! Und deiner Schwester, meiner Mutter, hast du auch nichts davon erzählt! Und mein Vater hat uns gegenüber auch nichts erwähnt! Wenn wir davon gewusst hätten, wäre das ganz sicher jeden Tag ein Familienthema gewesen!«

Cora lachte wieder. Diesmal etwas sicherer.

»Oh sorry, dass muss wohl in dem Trubel mit deiner anstehenden Reise untergegangen sein. Tyson kommt in sechs Wochen zu mir, und dein Vater hat sich bereit erklärt, mit ihm zur Hundeschule zu gehen. Ich habe dafür, wie du weißt, absolut keine Zeit.«

Ich atmete tief durch.

»Ach ja? Du küsst meinen Vater, weil du dir einen Hund anschaffst und nicht mal Zeit hast, mit ihm in die Hundeschule zu gehen? Willst du mich verscheißern? Wie soll denn das gehen? Du bist 12 bis 14 Stunden am Tag im Büro, und so ein Hund muss auch mal Gassi gehen. Cora, ich glaube dir kein Wort!«

»Nun krieg dich mal wieder ein! Ich werde den Hund jeden Tag mit ins Büro nehmen, und Frau Krimmel wird mit ihm Gassi gehen.«

Frau Krimmel ist Coras persönliche Assistentin.

Cora wurde nachdrücklich.

»Ich brauche einen Hund, verstehst du? Jemand, der mich beschützt. Ich vertrete manchmal Leute in der Kanzlei, die einen kriminellen Umgang haben, der mich bedroht. Ein Hund ist genau das Richtige, was ich brauche. Und dein Vater will mir helfen, ihn richtig zu erziehen. Dafür bin ich ihm auf ewig dankbar, und einzig deshalb habe ich ihn im Überschwang meiner Gefühle geküsst. Und was soll das überhaupt, wieso zweifelst du an dem, was ich sage?«

Sie drehte den Spieß einfach um, drängte mich in die Defensive. Das war schließlich ihr Job.

Aber ich glaubte ihr kein Wort.

Wir waren spät dran und hatten wieder mal keine Zeit zum Duschen.

Die ganze Truppe stolperte mehr schlecht als recht vom Bus direkt zum Abendessen in den Speisesaal.

Herr Becker rückte seiner Frau den Stuhl zurecht, dann den von Jenna.

Mich übersah er.

»Meine liebe Jenna, man sieht Ihnen diesen anstrengenden Tag in keinster Weise an. Taufrisch wie eine Rose im hellen Morgenlicht. Wie machen Sie das nur?«

Er wischte sich mit einem blütenweißen Taschentuch über die schweißnasse Stirn.

Frau Becker hatte einen leicht verkniffenen Zug um den Mund.

Dann beugte er sich vertraulich zu Jenna rüber: »Finden Sie nicht auch, dass Herr Dan seine Ausführungen, notamment mit den vielen, trockenen Geschichtszahlen, etwas übertreibt? Wir sind doch schließlich zur Erholung hier und nicht, um die französische Geschichte in- und auswendig zu ...«

Er unterbrach sich, als Herr Dan auftauchte und wechselte schnell den Ton:

»Sehr beeindruckend, Herr Dan, dieses Chenonceau. Und wie Sie uns das alles so anschaulich geschildert haben. Hut ab Herr Dan, ich freue mich schon auf die nächste Tour mit Ihnen.«

So ein Schleimscheißer!

Wenn wir nicht aufpassen, ersaufen wir noch in seiner Schleimsuppe.

Und Jenna allen voran.

Das Abendessen zog sich. Jenna klebte an ihrem Stuhl und schickte mich vom Speisesaal direkt zum Duschen.

»Wir sehen uns später an der Bar, ja?«

Sie wollte mich loswerden, ganz klar, also schlich ich brav in unsere Kabine.

Als ich geduscht war, suchte ich Jenna auf dem ganzen Schiff. Sie war nicht an der Bar, auch nicht an der Poolbar. Sie war unauffindbar.

Irgendwie hatte ich zu nichts Lust und ging den meisten Bordgästen aus dem Weg.

Jona plumpste neben mir in einen Loungesessel.

»Die Chinesen haben soeben die Preise an die Öffentlichkeit gegeben.«

Er machte es spannend.

»Sie haben das Fotomaterial aus den Redaktionen genutzt, um damit weltweit eine Werbekampagne zu starten. Sie machen Druck; eine Woche nach unserer Ankunft sollen die Reisemagazine mit unseren Fotoreportagen bereits in Amerika und in Europa auf dem Markt sein.«

»Und? Was kostet unsere Fahrt?«

»Für zehn Tage, ab Schiff, im Doppelzimmer, alles inklusive mit Ausflügen und Getränkepaket, 9.500 Euro. Neuneinhalb Tausend Euro für 10 Tage! Pro Person!«

Wouw! Nicht gerade geschenkt.

»Die Leute werden ihnen die Passagen aus den Händen reißen und sie mit Buchungen überrollen. In meinem Heimatland ebenso wie in Europa. Die Engländer haben jetzt schon die Nase vorn und übertreffen noch meine Landsleute. Die Tommys hatten schon vorab gebucht, ohne zu wissen, was der Spaß kosten wird.«

Er rekelte sich auf der Liege.

»Hör mal, die Aufnahmeteams haben morgen frei. Hast du schon was vor? Ich will eine kleine Fahrradtour am Ufer der Loire machen. Wir bekommen hier kostenfrei E-Bikes geliehen. Und Lunchpakete eingepackt. Oder können mit Herrn Dan paarweise auf Tandems eine geführte Tour machen. Hast du Lust mitzukommen?«

Ich schüttelte den Kopf: »Nö, nicht böse sein. Aber ich brauche mal einen Tag Pause. Diese vielen Eindrücke, diese vielen Zahlen, das muss ich irgendwie erstmal verarbeiten.«

Er nickte ergeben.

»Das geht vielen so. Morgen werden einige an Bord bleiben. Ich bin auch ziemlich kaputt und hau mich jetzt in die Falle. Schlaf gut, Leoni.«

Er stand auf und ging in Richtung Heck zu seiner Kabine.

Eilige Schritte kamen näher.

Oh nein, nicht schon wieder diese Schnarchnase.

Dieser Monsieur Soundso nutzte seine Chance und wollte sich auf die gerade frei gewordene Liege stürzen.

»Reden Sie, was haben Sie Jenna erzählt?«

Sein Englisch war wie immer grottenschlecht.

»Sie haben schlecht über mich geredet. Sie müssen schlecht über mich geredet haben. Was haben Sie ihr erzählt? Sie beachtet mich nicht, sie schaut mich nicht mal an. Reden Sie endlich! Was haben Sie Ihr gesagt?«

»Nichts, was Sie nicht auch wollten.«

Dieser tumbe Typ, wieder ganz ohne Begrüßung und unhöflich wie gehabt, hatte einen Ton am Leib, der schon fast an ein Verhör grenzte.

Was wollte diese jämmerliche Figur von mir? Wer hatte den überhaupt eingeladen?

Ich wurde leicht pampig: »Hören Sie, haben Sie sich vielleicht schon mal Gedanken gemacht, warum Jenna nichts mit Ihnen zu tun haben will? Ich würde an Ihrer Stelle die Fliege machen!«

Ich griff instinktiv in meine Hosentasche und suchte nach Arias Tinktur. Sorgfältig rieb ich mir damit die Handrücken ein.

Und es wirkte! Er drehte ab und machte einen großen Bogen um mich.

Ich blieb noch eine Weile an der Reling stehen und blickte auf das hell schimmernde Schwemmland. Das Mondlicht malte weiche Schatten auf die flachen Sandbänke.

Vom Ufer wehte ein intensiver Duft. Süßlich, fast aasig. Eine unbekannte Pflanze? Ein verendetes Tier?

Der Geruch bitzelte in der Nase.

Auf dem Weg zur Kabine standen zwei Personen verdeckt im Dunkel eines Überdachs und unterhielten sich leise.

Diese Stimmen kannte ich doch!

Sie hatten mir den Rücken zugedreht, aber diesen französischen Flüsterton hatte ich schon einmal gehört.

»Ich habe alle durchgecheckt. Bei den Beckers könnte es sich lohnen, vielleicht haben sie auch Schwarzgeld dabei.«

»Hm, einverstanden, wir …«

Ich hatte es tapfer versucht, aber es half nichts. Der heftige Nieser entlud sich prustend aus meinem Gesicht und verscheuchte die Flüsterer mitsamt ihrem hoch interessanten Gesprächsansatz.

Sie verschwanden eilig durch eine kleine Tür in das Innere des Schiffs.

Mist, ich hatte sie nicht erkennen können. Die Dunkelheit hatte sie gnädig in ihre Arme gehüllt.

Hoch interessant, was die beiden Flüsterer da so von sich gegeben hatten. Ob die es auf die Preziosen von Frau Becker abgesehen hatten?

Wie war das nochmal, als ich sie beim zweiten Mal erwischt hatte?

Ich versuchte mich zu erinnern: »Niemals in den Kabinen. Man müsse wachsam sein, die Chinesen seien überall …«, oder so ähnlich.

Das klang mehr als seltsam.

Wirklich zu blöd, dass ich meine Nase nicht in den Griff kriegen konnte.

Als ich die Kabine betrat, räkelte sich Jenna faul im Bett.

»Ach, du bist schon zurück? So früh hatte ich dich nicht erwartet.«

In der Dusche rauschte das Wasser. Dann plötzliche Stille.

Yves, der französische Journalist, kam aus der Dusche geschlendert. Splitterfasernackt.

»Salut, Leoni, ça va?«

Halleluja, mir blieb die Spucke weg. Er hatte einen mächtigen Ständer. Immer noch? Oder schon wieder?

Ich bekam Stielaugen und konnte einfach nicht wegsehen. Dieser kleine Franzose überzeugte mit prachtvollen Ausmaßen in den unteren Regionen seines Körpers. Was ich da zu sehen bekam, beeindruckte nicht nur Jenna.

Er drehte die Stuhllehne schwungvoll nach hinten und setzte sich rücklings an den kleinen Schreibtisch.

Und saß breitbeinig da.

Panoramablick von meiner Seite. Damit eröffnete er die Saison der virtuellen Empfehlungen.

Ich schaute wie hypnotisiert auf einen bombastischen Ringelwurm und durfte sein Gemächt in voller Pracht, sorgsam zwischen den Schenkeln eingebettet, ausgiebig bewundern. Okay, ich gebe zu, dass ich ausgiebig bewunderte.

Er zog sich an. Aber nicht die Hose, und auch nicht das Hemd - weit gefehlt!

Seelenruhig schob er den linken Fuß über sein rechtes Knie. Langsam und bedächtig zog er sich erst den einen Socken über den Fuß, dann den anderen.

Weiße Socken mit rot geringelten Spitzen.

Ich konnte mir ein kurzfristiges Grinsen nicht verkneifen. Die dürftigen roten Kringel an den Sockenspitzen gaben einen lustigen Kontrast zu dem grandiosen, gut durchbluteten roten Kringel eine Etage höher.

Er ließ sich Zeit.

Es machte ihm offensichtlich ein großes Vergnügen, meine mühsam versteckte Faszination, aber auch eine gewisse Verlegenheit, genüsslich zu beobachten.

Endlich löste ich mich aus meiner Starre und machte, dass ich aus der Kabine kam.

»Hast du sie noch alle? Und dazu noch in unserer Kabine! Wo du genau wusstest, dass ich jeden Moment zurückkommen könnte!«

»Nun hab dich nicht so, und sei nicht päpstlicher als der Papst. Irgendwo mussten wir es doch treiben.«

Jenna räkelte sich im Bett und bei jeder Bewegung kam ein leichter Duft innigen Beisammenseins zu mir rüber geflogen.

Ich war stinkesauer.

Vielleicht auch, weil ich Rüdiger vermisste. Weil wir blöderweise ausgemacht hatten, dass wir erst in Deutschland wieder miteinander telefonieren würden.

So ein blöder Gedanke, so ein saublöder. Wer war nur auf diese abartige Idee gekommen?

Ich schnaubte: »Und mach gefälligst die Balkontür auf, damit dieser widerwärtige Gestank rauskommt. Und damit du es gleich weißt, nochmal dulde ich das nicht!«

Oh weia, das hätte ich nicht sagen sollen.

»Darf ich dich kurz daran erinnern, dass das *mein* Gewinn ist, dass das *meine* Kabine ist, und dass *ich* da machen kann, was *ich* will! Du kannst von Glück sagen, dass ich dich eingeladen habe!«

Ich packte zornig mein Bettzeug und wanderte zu der kleinen Terrasse, hinter der winzigen Nottür, die mir inzwischen schon zur zweiten Heimat geworden war.

Und setzte mich auf einer der herumstehenden Liegen.

Jenna konnte ja so gemein sein!

Als ich am Morgen verschlafen in die Kabine kam, entschuldigte sich Jenna bei mir.

»Du hast ja Recht, das war blöd von mir. Tut mir echt leid, wird nicht wieder vorkommen. Friede, ja?«

Sie schaute mich mit bettelnden Augen an.

Man konnte ihr einfach nicht böse sein.

Ich blätterte in den Bordunterlagen. Interessant, da stand zu lesen, dass die Balkone automatisch ein- und ausgefahren werden konnten, falls eine Brücke zu schmal für die Durchfahrt sei. Oder alles auf Deck versenkt oder weggeräumt wurde, falls eine Brücke zu niedrig war.

Wir fuhren ja ständig auf dem Fluss und nie auf einem Kanal, das heißt, wir mussten ab und zu auch unter Brücken durchfahren.

Aha, jetzt verstand ich auch, warum unser Kabinensteward manchmal abends die Balkonmöbel wegräumte. Da wir meistens nachts fuhren, mussten das die Nächte sein, in denen wir schmale Brücken passierten und die Balkone eingefahren wurden.

Jenna ging unter die Dusche, sie hatte keinen Aufnahmetag, und auch ich wollte mir einen faulen Tag an Bord machen.

Auf dem kleinen Schreibtisch summte es. Jennas Telefon war auf leise gestellt, aber ich hatte es doch gehört.

Neugierig ging ich näher.

Wieder war dieses anonymisierte Bild zu sehen und der Anfang einer Nachricht zu lesen: »Hallo, meine Süße, vergiss nicht bei der Übergabe den roten Sonnenhut aufzu ...»

Ich schaute kurz zum Bad. Jenna fing an, vor sich hinzuträllern. Das Duschwasser rann konstant gleichmäßig.

Ich wusste, das konnte jetzt eine Weile dauern.

Da war so ein seltsames Kribbeln in meinem Bauch - ich war neugierig. Schlicht und einfach neugierig auf diesen neuen, geheimnisvollen Sugardaddy, und ein »Vergiss nicht bei der Übergabe …«, klang doch höchst merkwürdig.

Ich kenne Jenna und riskierte es. »Minki« war schnell eingetippt, und - es klappte!

Himmel, Hölle und Verdammnis! Dieser Dreckskerl! Diese Schlampe!

Ich hätte es mir denken können, alleine diese hirnlos bequeme Formulierung »meine Süße« hätte alle Alarmglocken bei mir schrillen lassen müssen!

Sie hatten vor ein paar Wochen ein Verhältnis angefangen! Sie hatten es miteinander getrieben! Hinter meinem Rücken! Und sie hatten sich in Prag getroffen!

Ich wusste zuerst nicht, wohin mit meiner Wut. Am liebsten wäre ich ins Bad gesprungen und hätte Jenna unter der Dusche herausgezerrt, und …

Ja, und was eigentlich?

Ich holte tief Luft und las weiter.

Das, was ich da las, ließ Rüdiger und Jennas Verrat an mir wie Peanuts aussehen.

Rüdiger hatte in Prag krumme Geschäfte mit dubiosen Krematorien ausgehandelt und Jenna mit reingezogen. Sie sollte hochkarätige, synthetische Diamanten an unserem Ziel in Nante an einen Hehler verticken und ein hübsches Sümmchen kassieren.

Hach!

Schnell schloss ich die Nachricht und legte Jennas Handy wieder auf den Schreibtisch zurück.

»Ich geh jetzt aufs Sonnendeck, Jenna. Tschühüs!«

Ich musste da weg, raus aus der Kabine. Und zwar so schnell wie möglich.

Meine Gedanken schlugen Purzelbäume.

Überall hin, nur nicht aufs Sonnendeck, klopfte es in meinem Kopf. Jetzt nur nicht unter Menschen gehen, und schon gar nicht in die Arme von Jenna laufen. Nicht jetzt bitte, bitte nicht jetzt!

Dieser miese Dreckskerl! Diese falsche Schlampe! Diese Heuchler!

Ich musste unbedingt auf andere Gedanken kommen, sonst würde ich noch vor Wut platzen! Oder vor Selbstmitleid!

Ich war noch nie im vorderen Teil des Schiffs gewesen. Der war für die Passagiere tabu, denn entgegen aller üblichen Passagierschiffe liegen die Motoren dieser neuartigen Konstruktion im Bug des Schiffes.

Ein kleiner Spaziergang in unbekannte Gefilde wäre jetzt genau das Richtige.

Ich ignorierte das Schild, auf dem in vier verschiedenen Sprachen »Betreten verboten« stand und stolperte blind durch einen langen Gang, ohne Bullaugen, ohne Fenster.

Es interessierte mich im Grunde gar nicht, wo ich war.

Kapitän Xù kam aus einer Kabine.

Ich huschte schnell in einen dunklen Raum. Verfluchte Hacke, es tat ein leise schabendes Geräusch als ich die Tür zuschob.

Herr Xù hob den Kopf.

In diesem Moment kam ein aufgeregter, roter Overall durch die Personaltür und japste: »Captain, …«, den Rest verstand ich nicht. Ich spreche kein Mandarin oder was immer dieser Mensch da von sich gab.

Kapitän Xù hastete hinter dem roten Overall her.

Vorsichtig schob ich meinen Kopf durch die Tür.

Der Gang war leer, die Gangtür hinter den beiden wieder geschlossen.

Ich schlich zu der Kabine, die Kapitän Xù gerade verlassen hatte. Die Tür stand einen kleinen Spalt offen. Er hatte vergessen, sie zuzuziehen.

Neugierig schlüpfte ich in den spärlich beleuchteten Raum. Nur eine Notbeleuchtung erhellte dürftig die Kammer.

Was ich dort sah, ließ mir das Blut in den Adern gefrieren. Ich drückte mich an die Wand und schnappte nach Luft.

Da lagen Leichen, sauber aufgestapelte Leichen! Die männlichen auf der einen Seite, die weiblichen auf der anderen. Und schlimmer noch: alle ohne Köpfe. Die lagen säuberlich aufgereiht vor mir auf dem Boden.

Mir wurde kurz schwarz vor den Augen.

Als ich wieder zu mir kam, wich die Luft stoßweise keuchend aus meinen Lungen. Ich zitterte am ganzen Körper, und mir sackten die Beine weg.

Aus der sitzenden Perspektive glotzten mich die abgetrennten Köpfe schlitzäugig an.

Ich blinzelte ungläubig.

Völlig unblutig lagen sie da, nebeneinander. Mehrere chinesische Männer- und Frauenköpfe. Mit einem Drehgewinde am Hals.

Als ich mich einigermaßen gefasst hatte, überwog die Neugier, und ich tastete mich näher zu den Gestellen.

Und betrachtete die Leichen etwas genauer. Sie sahen aus wie Chinesen aus Fleisch und Blut. Sie fühlten sich sogar so an.

Aber es waren keine menschlichen Leichen. Es waren keine Menschen, es waren menschliche Maschinen. Oder Maschinenmenschen. KI's mit auswechselbaren Körpern, mit auswechselbaren Köpfen.

Sie sahen aus wie Jinjin oder Xin. Oder wie Lang, oder Lian, oder Wei, oder Bo.

Chinesen sehen für mich im Grunde alle gleich aus. Ich kann sie nicht auseinanderhalten. Aber so direkt vor mir, aufgereiht in einer Linie, konnte man doch erkennen, dass sich die Urheber dieser Scharade einige Mühe gegeben hatten, feine Unterschiede in die Gesichter zu plagiieren.

Welches üble Spiel spielten diese Chinesen?

Ich war völlig durch den Wind; auch knochentrockene Apothekerinnen haben Ängste und Gefühle.

Vorsichtig schlich ich mich in den Passagiertrakt zurück.

Niemand hatte mich gesehen, dem Himmel sei Dank!

Jenna hatte mir eine Liege an Deck freigehalten.

»Wo warst du denn? Du siehst gar nicht gut aus. Fühlst du dich nicht gut?«

Ich murmelte was von auf der Toilette gewesen, und dass mir ein wenig schlecht sei.

Lian, unser Decksteward, brachte mir ein Glas Wasser und stellte mir fürsorglich den Sonnenschirm ein.

Ich schaute genauer hin. Er sah aus wie sein Doppelgänger im KI-Lager.

In meinem Kopf überschlugen sich die Gedanken. Wer war das? Wer war was? Wer das Original, wer die Kopie? Gab es überhaupt ein Original?

Jennas Handy klingelte.

»Nachricht? Welche Nachricht? Wovon redest du? Warte mal, die Verbindung ist so schlecht.«

Sie stand auf und wedelte entschuldigend mit der Hand.

Diese falsche Schlange, dieses Miststück!

»Wir sehen uns später in der Kabine, ja?«

Und weg war sie.

Jetzt wurde mir wirklich übel. Was, wenn sie herausbekam, dass Rüdigers letzte Nachricht geöffnet worden war, und zwar nicht von ihr?

Wir hatten in Chenonceau ausgemacht, dass wir es uns am nächsten Tag auf dem Balkon unserer Kabine gemütlich machen wollten. Uns schwebte so ein lauschiger Tagesabschluss mit leisem Flussgeplätscher und einem Gin Tonic in der Hand vor.

Aber da war die Welt für mich noch in Ordnung gewesen. Nach den heutigen Vorfällen war mir alles andere als danach.

Als ich aus der Dusche kam, war unser Balkon belegt. Jenna hatte die Balkonmöbel entfernen lassen und sich eine Fermob Liege draufstellen lassen. Da war null Platz für mich. Nicht mal ein Strohhalm hätte zusätzlich auf unseren Kabinenbalkon gepasst.

Und Jenna schlief bereits tief und fest auf dieser Liege.

Mit zusammengebissenen Zähnen verzog ich mich ins Innere der Kabine. Ich war mehr als aufgebracht.

Jenna zeigte auf dieser Fahrt deutlich, wer das Zepter schwang.

Ich öffnete den Safe, um mein Goldkettchen, das ich zum Duschen abgelegt hatte, einzuschließen.

Jenna hatte auch das Schließfach nach und nach immer mehr mit ihrem Kram zugerümpelt. Ich machte ein wenig Platz und hatte plötzlich ein kleines Päckchen in der Hand.

War das schon immer da gewesen?

Meins war es jedenfalls nicht.

Es war nicht sehr groß, vielleicht so groß wie eine Zigarettenschachtel. Fest verpackt und mit Klebestreifen verklebt. Zusätzlich verschnürt. Es war nicht schwer.

Ich drehte es hin und her, roch daran, schüttelte es.

Ein leichtes Klappern war zu hören.

Seltsam, dass es mir vorher nie aufgefallen war. Wie war das nochmal? »Und vergiss nicht bei der Übergabe den …«.

Jenna wachte auf und gähnte laut.

»Ich bin müde und geh jetzt ins Bett. Gute Nacht.«

Ich war viel zu aufgewühlt. Ich konnte jetzt nicht schlafen und schon gar nicht mit Jenna in einem Raum.

Nachdem ich den Safe sorgsam verschlossen hatte, verließ ich die Kabine.

Als ich die Nottür am Ende unseres Ganges öffnete, kam von oben leise Musik und Stimmengewirr. Die Chinesen hatten den Pool am Bug des Schiffes mit einem beleuchteten, gläsernen Boden geschlossen und in eine Tanzfläche verwandelt. Drei Musiker und eine ambitionierte Sängerin unterhielten die Passagiere mit bekannten französischen Chansons und flotter Tanz-musik.

»Wo haben Sie denn Ihre schöne Freundin gelassen?«

Oh nein, der hatte mir gerade noch gefehlt! Schon wieder dieser unhöfliche Franzose, der hinter Jenna her war.

Und jetzt erinnerte ich mich auch wieder an seinen Namen: Moreaux, Bernard Moreaux.

Jona hatte erzählt, dass er was mit Finanzen zu tun hätte. In der Regel war das durchaus Potential für Jennas Käscher. Aber alle Bemühungen dieses unangenehmen Mitreisenden verliefen im Sand; Jenna hatte ihn abblitzen lassen.

Geld war wohl doch nicht alles.

Gleichwohl hatte er nichts begriffen.

Denn dieser Mensch, der so gar nicht nach einem erfolgsgewohnten Geschäftsmann aussah, ranzte mich doch tatsächlich von der Seite an. Natürlich nur, um durch mich an Jenna ranzukommen.

Das kannte ich zu genüge.

»Eine Nacht zum Götter zeugen ist das heute. Haben Sie Lust zu tanzen?«

Ich musste irgendwie meine Wut, meine Betroffenheit, meinen Frust abarbeiten. Und meine Fassungslosigkeit über die dunkle Geheimnisse auf diesem Schiff. Da kam mir diese unhöfliche, französischen Null gerade recht.

»Doch schon, aber nicht mit Ihnen.«

Monsieur Moreaux schaute mir sprachlos hinterher, als ich in Richtung Wendeltreppe verschwand.

Auf der kleinen Terrasse, unten am Heck, standen zwei leere Liegen. Ich setzte mich hin und schaute aufs Wasser.

Wie geplant, nur ohne Gin Tonic.

Kein Mensch störte mich, und ich hing meinen wirren Gedanken nach.

Was war geschehen, wo war ich nur gelandet?

Ich musste wohl vor mentaler Erschöpfung eingeduselt sein, und als mich unser Decksteward mitten in der Nacht leise aufweckte, hatte ich noch immer keine Lust, Jenna zu begegnen.

»Frau Lustig«, flüsterte er, »möchten Sie nicht in Ihrer Kabine weiterschlafen?«

Ich schüttelte den Kopf und versuchte im schwachen Mondlicht sein Namensschild zu entziffern.

Ohne Erfolg.

Einen Moment später brachte er mir eine leichte Decke, die er mir sorgsam über die Beine legte.

Ganz schön fürsorglich für so einen seelenlosen Bot, dachte ich noch, dann war ich wieder eingeschlafen.

Meine Güte, war das ein aufregender Tag gewesen!

Als ich am Morgen in die Kabine kam, war Jenna schon weg, zu Aufnahmen in Saumur.

Wir lagen im Hafen und konnten zwischen einem geführten Stadtausflug oder einem eigenständigen Stadtbummel wählen.

Viele hatten sich für die Führung durch das Städtchen entschieden, aber ich wollte nicht noch ein Schloss, noch einen Weinkeller, und noch ein Museum sehen. Die Reederei hatte ein straffes Programm für die Perle des Anjou gewählt: Reitermuseum, Kirchenbesichtigung, Schlossbesichtigung und Champignon-Museum.

Nix da, das war nichts für mich. Ich wollte vor allen Dingen keine Jenna, keinen Herrn Dan und auch keine Bordgäste sehen.

Ich wollte am Morgen gemütlich durch die Altstadt bummeln, um nach passenden Souvenirs für meine Eltern und den vier Kolleginnen aus der Apotheke zu stöbern. Und plante zu Mittag in einem einfachen Bistro ein Päuschen zu machen. Am späten Nachmittag dann wieder zurück zum Schiff.

Außerdem wollte ich eine Weile allein sein, um meine Gedanken über das Geschehen zu ordnen.

Ich hätte jetzt dringend eine Freundin gebraucht, um mich mit ihr auszuquatschen, um das Ganze zu verdauen.

Aber Jenna war nicht mehr meine Freundin!

Die Hitze überrollte mich, und ich drückte mich im Schatten der Häuser entlang. Die Luft stand zwischen den alten Gemäuern, einige Geschäfte waren geschlossen, standen leer. Pandemie, der Krieg in der Ukraine, Rezession, die Folgen waren in dem kleinen Städtchen zu spüren. Der Tourismus litt, die Besucher waren spärlicher geworden, blieben zeitweise sogar gänzlich aus. Erst in diesem Sommer konnte man eine leichte Erholung spüren.

Für typische Souvenirs hatte ich absolut keine Idee.

Wein? Zu schwer, und die guten Marken bekam man inzwischen auch in Deutschland. Cointreau? Der gleiche Umstand, das gleiche Gewicht. Käse? Besser nicht, die Passagiere auf dem Schiff und im Flieger würden sich bedanken.

Kurz entschlossen sprach ich am Marktplatz eine Taxifahrerin an, die gelangweilt in ihrer Zeitung las.

»Pardon Madame, ich suche ein passendes Mitbringsel aus dieser Gegend. Haben Sie eine Idee?«

Endlich konnte ich meine eingerosteten Französisch-kenntnisse wieder einbringen.

Die schon etwas ältere Taxifahrerin musterte mich von Kopf bis Fuß und schwallte mich mit einer Unmenge französischer Vokabeln und komplizierter Grammatik voll.

Ich wiederholte: »Bitte Madame, ich bin Deutsche, sprechen Sie bitte langsam. Ich suche nach originellen Geschenken aus dieser Gegend. Haben Sie vielleicht eine Idee?«

Die hagere Französin, mit turmhoch aufgeplusterten grauen Löckchen, hatte ihr Opfer gefunden. Sie schwätzte mit einem schlitzohrigen Lächeln weiter:

»Sie haben Glück, ich bin von hier und kenne mich aus. Ich kann Sie zu einer Höhlenkolonie fahren, die von Künstlern bewohnt wird. Nicht zu diesem überlaufenen Höhlenmuseum von Louresse-Rochemenier, dem Village troglodytique, verstehen Sie? Da fährt jeder hin. Nein, ich kann Sie in ein privates Höhlendorf bringen, wo die Bewohner originelle Souvenirs herstellen. Sind Sie interessiert?«

Ich hörte nur Höhlen, dachte an kühle Temperaturen und sagte Ja. Und einigte mich mit der virilen Alten über

Kilometer, Fahrzeit und Preis, und ab ging die Post in ihrem gut gepflegten, doch auch schon etwas klapperigen Citroen Traction.

Je weiter wir an der Loire entlang fuhren, desto mehr Behausungen sahen wir, die in den Fels geschlagen waren. Teilweise mit attraktiven Balkonen und Terrassen, umgeben von üppigen Weinbergen und bestellten Feldern.

Ich dachte mit Wehmut an die kühlen Temperaturen in den Höhlenbehausungen, denn der betagte Citroen meiner Taxifahrerin hatte leider keine Klimaanlage.

Wir fuhren ungefähr 25 Kilometer, bis wir an einer Ansammlung von Höhlenwohnungen ankamen, die etwas abseits des Loireufers lagen.

Die Bewohner waren ausnahmslos Leute, die in den 70ern steckengeblieben waren. Franzosen, Spanier, aber auch Amerikaner, mit langen Haaren und in langen Gewändern oder bunten Schlabberhosen. Alles erwachsene, schon etwas ältere Menschen.

Jugendliche, Kinder oder gar Babys waren nirgendwo zu sehen.

Kitschiger gings kaum noch, und ich bereute bereits, dass die Alte die Gunst der Stunde genutzt und mich mit ihrem Gelaber über den Tisch gezogen hatte.

Aber ich wurde mit großem Hallo und viel Freundlichkeit begrüßt. Und dank Gislaine, meiner Taxifahrerin, später auch mit Tee und Fouées, im Steinofen gebackene kleine, runde Brötchen, die mit Konfitüre serviert wurden. Und noch später, bei selbst gekeltertem Wein, mit Broten, die zu Mittag mit Hühner-Rillettes oder Ziegenkäse bestrichen waren. Wie auch mit langen Geschichten aus der bewegten Vergangenheit dieser bunt zusammengewürfelten Höhlendorfgemeinschaft.

Da waren José aus Spanien, der sich nach einer erfolglosen Bankerkarriere seinen ebenso erfolglosen Töpfereien verschrieben hat, und Edita, seine Lebenspartnerin, die selbstgemachten Ziegenkäse auf den Märkten verkauft.

José hatte geschmeidige Hände, so zart wie ein Kinderpopo. Das käme vom Lehm, sagte er, und zeigte mir seine krummen Krüge und Schalen, die er unglasiert in der Sonne brennt.

Oder William, aus dem tiefsten Tennessee gespült, der Gebrauchsmöbel aus dem Holz abgestorbener Obstbäume herstellt und Sylvain, sein Lebensgefährte, der den ganzen Tag nur Gitarre spielt und sonst nichts tut.

Oder die verblühte Sandrine, eine ehemalige Tänzerin aus dem Lido in Paris, die aus angespültem Treibholz kleine, abstrakte Skulpturen schnitzt, die sie bunt angemalt an eine Galerie verkauft.

Die Frauen stellten faszinierende Armbänder und Ketten aus vom Wasser glatt gespülten Glasstücken, Muscheln und Kiesel der Loire her, und ich hatte plötzlich für alle Frauen aus meinem deutschen Umfeld originelle Schmuckstücke zur Auswahl.

Und dann entdeckte ich das ultimative Geschenk für Rüdiger.

Ach Rüdiger! Wie sehr hättest du dich über eine handwerklich gefertigte Lederhülle aus Ziegenleder für den Transport von Weinflaschen gefreut. Genau dein Geschmack! Es gab sie in vielen bunten Farben: in Rot, in Grün, in Gelb, in Schwarz, in Violett, und natürlich auch in Natur.

Aber es gab keinen Rüdiger mehr. Jedenfalls nicht für mich. Den gab es jetzt nur noch für Jenna, dieser Schlampe, dieser miesen Heuchlerin.

Schnell trank ich noch einen Schluck von dem kühlen Anjou-Wein und kaufte eines der schönen Stücke für meinen Vater.

Hach, noch so ein Verräter! Wieder hatte ich Cora im Auto meines Vaters vor Augen, wie sie ihn an der roten Ampel küsste.

Schnell noch einen weiteren Schluck von dem köstlichen Rosé, um die kompromittierende Szene aus meinen Gedanken zu drängen.

Er schmeckte vorzüglich, leicht nach Veilchen. Ein herrlich fruchtiger Tropfen.

José erzählte mir, dass sie ihren leichten, spritzigen Gris aus den roten Grolleau-Trauben herstellen würden. Der Wein sei wenig alkoholstark und wachse bei ihnen praktisch vor der Haustür. Er würde im ozeanischen Klima des Loiretals prächtig gedeihen, aber leider auch langsam verschwinden.

Der Grolleau sei eine alte Rebensorte, die auch Groselot genannt würde, weil sie sehr ertragreich sei. Sie sei aber auch für die Schwarzfleckenkrankheit anfällig, und deshalb hätten sie vor ihrem kleinen Weinberg Rosen gesetzt, die einen Befall sofort ankündigen würden.

Groselot sei eigentlich eine Rotweinsorte, aber sie ließen ihren Wein aus den mittelgroßen, rundlichen Beeren einfach in großen Glasballons in der Sonne reifen, und so bekäme der helle, fruchtige, rote Wein allmählich ein gelbstichiges Rosa. Und verwandele sich, nicht selten, auch in einen Weißwein. Damit hätten sie in einem einzigen Arbeitsgang einen Roten, einen Rosé und auch einen Weißwein ausgebaut.

In den Tuffsteinbrüchen wurde einst nach »falun« gegraben, einem Muschelsand, der typisch für diese Gegend ist. Nach und nach siedelten sich Menschen in den verlassenen Steinbrüchen an.

Die Höhlenwohnungen hatten frische 15 Grad und waren in das Muschelsandgestein geschlagen. Ein ganzes Dorf, autonom mit Ställen, Gärten und kleinen Äckern.

Michel, ein Franzose aus Lille, zeigte mir stolz seine Behausung, unter der mehrere Säle und Galerien einen unterirdischen Dornröschenschlaf schliefen. Durch mehrere Lichtkegel in den Decken floss diffuses Licht, und ich bestaunte an den kellertiefen Felswänden verblasste Fresken und Motive aus dem 17. und 18. Jahrhundert.

Er legte die Finger an seine Lippen: »Psst, nicht verraten, bitte. Wenn Wissenschaftler das spitz kriegen, müssen wir hier alle raus. Und das wäre für uns entsetzlich, denn wir haben nur noch ein paar Jahre zu leben, weißt du.«

Er schaute mich mit trüben Augen an. Und dann knallte er mir brutal ein paar Sätze um die Ohren: »Wir sind nur noch eine klägliche Anzahl Übriggebliebene. Durch Inzucht unfruchtbar geworden, verstehst du? In wenigen Jahren gibt es uns nicht mehr.«

Ich sah die tiefe Traurigkeit in seinen Augen und versprach ihm, dass von mir keiner ein Wort erfahren würde.

Auch nicht, dass sich tief im Fels eine alte Troglodyten-Anlage versteckt.

In seinem Hof steht ein kegelförmiger Steinofen, in dem er Galipette, große gefüllte Champignons, bäckt. Die Pilze züchtet er in einer der unterirdischen Galerien und lässt sie so lange wachsen, bis der Hut des Pilzes so groß und schwer ist und so schön rollt, dass er seinem volkstümlichen Namen »Galipette«, oder auch »Purzelbaum« genannt, gerecht wird.

Mit den Champignons verdiene er auf den Märkten in der Umgebung den Lebensunterhalt seiner Großfamilie, erklärte er mir, und dass die reichen Engländer an den Ufern der Loire ganz verrückt danach seien.

Gislaine schaute auf ihre Armbaduhr: »Zeit zu gehen, sonst erreichen Sie Ihr Schiff nicht mehr rechtzeitig.«

Ich packte meine Geschenke in den gestrickten Beutel von Michels Lebensgefährtin Yvonne. Oder war es die von José? Oder von beiden?

Egal, sie küsste mich links und rechts auf die Wange und flüsterte mir zu: »Den schenke ich dir. Und wenn du Liebe brauchst, hier findest du sie im Überfluss. Komm einfach her, wir würden uns freuen.«

Gislaine brachte mich pünktlich zum Schiff zurück, und ich war der skurrilen Taxifahrerin mehr als dankbar für diese außergewöhnliche Erfahrung in meinem Leben.

Mein Handy klingelte. Aria war dran.

»Setz dich hin. Du musst dich unbedingt hinsetzen. Was ich dir zu erzählen habe, ist für uns alle nicht gut. Sitzt du?«

Ich tat ihr den Gefallen und setzte mich auf den Rand eines eisernen Pollers am Hafen. Mir taten sowieso die Füße schon wieder weh.

»Schieß los, ich sitze.«

»Wir sind am Rückenende. Wir sind alle unseren Job los.«

Aria meinte wohl, dass wir am Allerwertesten seien.

»Das Krankenhaus ist verkauft! An diese unsägliche Benesse Gesellschaft, und die Krankenhausapotheke wird aufgelöst. Die neue Gesellschaft will in Zukunft nur noch direkt über den Großhandel bestellen, und ...«, jetzt machte sie eine dramatische Pause, »und denk dir nur, der Hafermann ist tot.«

Ich schnappte kurz nach Luft. Okay, keiner wusste in der Apotheke von unserem Verhältnis, aber das machte die Sache auch nicht besser.

Ich atmete tief durch: »Wie, tot?«

»Na ja, tot halt.»

»Aria, wieso ist Dr. Hafermann tot? Lass dir nicht alles aus der Nase ziehen.«

Aria berichtete, dass es wohl eine unangenehme Untersuchung wegen des Verschwindens von Barbituraten gegeben hätte, und dass unser Chef in diese Sache verwickelt gewesen sei. Es seien immer nur kleine Mengen verschwunden, sozusagen für den eigenen Verbrauch, aber die Diebstähle und das Vertuschen in den Büchern wäre aufgeflogen und hätte seine sofortige Entlassung mit sich gezogen. Damit nicht genug, habe er unter Einfluss von Drogen heute früh einen tödlichen Autounfall gehabt. Und nun sei er eben tot!

Ich wunderte mich. Über mich. Warum ließ mich diese Nachricht so kalt? Warum kam mir nur ein einziger Satz von den Lippen?

»Na, dann werden wir in Zukunft wohl genügend Zeit haben, um unser Geschäft mit deiner Wundertinktur aufzubauen.«

Rüdiger tot! Wie sollte ich das nur Jenna beibringen? Und warum sollte ich ihr das überhaupt sagen? Von Rüdigers Tod würde sie noch früh genug erfahren, und eigentlich sollte ich das Thema Rüdiger besser nicht anschneiden.

Ob sie inzwischen wohl gemerkt hatte, dass sie die Nachricht von Rüdiger nicht alleine geöffnet hat? Vogel-Strauß-Politik war angesagt, den Kopf in den Sand stecken.

Besser nicht dran rühren.

An unserem letzten Tag, der auch gleichzeitig unser Abreisetag war, musste Jenna auch noch diese ominöse Übergabe in Nantes machen. Und einen Haufen Geld für das Päckchen kassieren.

Wie sie mir das wohl erklären wollte?

Wir hatten beschlossen, auch den vorletzten Tag auf dem Fluss an Bord zu verbringen. Ohne Hektik packen, nochmal die Sonne auf dem Wasser und alle Annehmlichkeiten an Bord genießen.

Das war der Plan.

Die Hälfte der Passagiere hatten den gleichen Gedanken, und auf dem Sonnendeck war jede Liege belegt.

Neben mir lag Herr Becker, und sein öliger Körper glänzte unappetitlich in der Sonne. Er hätte lieber neben Jenna gelegen, aber da war verständlicherweise Frau Becker dagegen. Sie hatte die Platzordnung streng im Blick und platzierte mich zwischen ihren Gatten und dem zugedachten Platz für Jenna.

Als Jenna im knappen Bikini auftauchte, hielt Herrn Becker nichts mehr auf der Liege.

»Darf ich Ihnen etwas zu trinken bringen, liebste Jenna?«

Er überschlug sich fast vor devoter Höflichkeit.

Herr Becker war zwar nicht schön, aber reich, und offensichtlich auch mürbe.

So ein begüterter Mann, etliche Kilometer vom Schuss, passte genau in Jennas Beuteschema. Einmal im Monat auf einer vorgetäuschten Geschäftsreise ein paar versteckte Heimlichkeiten mit dem Schrott-Baron, und dann ordentlich abkassieren, das könnte gut in Jennas Leben passen.

Jenna hatte nichts gegen das »liebste Jenna«, auch nichts gegen einen Drink.

Frau Becker schon. Man sah es an ihrer Miene.

Herr Becker säuselte: »Sie müssen mich, ähem, müssen uns, unbedingt in Wattenscheid besuchen, liebste Jenna.«

Herr Becker war nicht mehr zu bremsen. Es war mehr als offensichtlich, dass er nur sich meinte.

Frau Becker schoss die Zornesröte ins Gesicht. Sie flötete: »Ach meine Liebe, Sie haben sicherlich nichts dagegen, wenn ich Ihnen meinen Mann für einen kurzen Moment entführe? Wir haben um 15.00 Uhr einen Termin bei Kapitän Wù. Geschäfte, Sie verstehen?«

Sie fixierte ihren Mann streng: »Theo, Liebling, bitte geh doch schon mal vor und sortiere die Unterlagen. Ich komme gleich nach.«

Herr Becker zog ab. Höchst ungern, aber er ging.

Inzwischen hatte Jenna nach Arias Lotion in meiner Hand gegriffen und wollte sich damit einreiben. Ohne mich zu fragen. Wieder einmal!

Ich hielt das Fläschchen fest umklammert.

»Jenna, das geht zu weit. Das ist meine Lotion, und wenn du was davon abhaben willst, dann frage gefälligst.«

Oha, jetzt drehte Jenna mächtig auf. Ich bekam alles aufs Butterbrot geschmiert, woran sie die ganze Zeit fast erstickt wäre: dass sie mir diese Fahrt erst ermöglicht habe, und dass ich höchst undankbar sei, und egoistisch dazu. Und überhaupt, so ein bisschen Lotion wäre ja wohl nicht zu viel verlangt, wo sie mich doch zu so einer teuren Fahrt eingeladen hätte, und überhaupt, würde ich ihre Großzügigkeit nicht zu schätzen wissen, und überhaupt, bla, bla, bla …!

Frau Becker hörte aufmerksam zu.

Ich wollte Jenna gerade die passende Antwort geben, da sprang sie auf und grabschte nach dem Fläschchen in meiner Hand. Mit einem schadenfrohen Ausdruck im Gesicht und einem bösartigen Lachen auf den Lippen, rannte sie in Richtung Metalltreppe und hob triumphierend das Fläschchen in die Höhe.

»Fang mich doch, wenn du kannst.«

Frau Becker fragte mich nach der Uhrzeit.

Ich schaute sie irritiert an: »Tut mir leid Frau Becker, aber ich habe keine Uhr dabei.«

Sie erhob sich leicht von ihrer Liege und rief Jenna hinterher: »Jenna, meine Liebe, können Sie mir bitte sagen, wie spät es ist?«

Jenna drehte sich um und sah auf ihre Uhr - und hatte völlig vergessen, dass ich noch immer den Verschluss des Fläschchens in den Händen hielt.

Beine, Arme, ihr bunter Pareo wirbelten durch die Luft.

Es klang schrecklich, als Jennas Knochen auf den Stufen der Metalltreppe aufschlugen. Es gab mehrere, scheußlich knackende Geräusche.

Etliche Gäste rannten zur Brüstung und schauten nach unten.

Ich saß wie paralysiert auf meiner Liege, und auch Frau Becker rührte sich nicht vom Fleck.

Sie schaute in Richtung Metalltreppe, und ein leises Kräuseln schlich sich in ihre Mundwinkel.

Jennas Körper lag seltsam verkrümmt am unteren Treppenabsatz. Sie rührte sich nicht mehr und tat auch keinen Mucks.

Kapitän Wù bat um eine Audienz auf der Brücke.

Die Brücke ist das Heiligtum aller Kapitäne und absoluter Hochsicherheitsbereich. Um dort hinzukommen, bedarf es einiger Garnituren: Geschäftsverbindungen, Politikerstatus, Starbonus oder Geldadel sind das Mindeste was man vorweisen muss, um in dieses Heiligtum vorzudringen.

Nichts von dem entsprach meiner Person.

Der Begriff »Brücke« stammt noch aus der Zeit der Raddampfer, bei denen der Schiffsführer auf einem brückenartigen Steg zwischen den beiden Radkästen stand. Das Brückendeck besteht heute in der Regel aus einem geschlossenen Teil, dem Ruderhaus und den beiden Brückennocken.

Die Kommandobrücke der Wan Da war selbstverständlich mit allen technischen Raffinessen ausgestattet, die ein Flusskreuzfahrtschiff besitzen kann.

Dort befanden sich die wichtigsten nautischen Geräte zum Manövrieren des Schiffs; dazu zählen mehrere Radarbildschirme in Farbe, Echolot, Antikollisionswarngerät, Steersticks, wie auch Autopilot und weitere Kommunikationseinrichtungen.

Zur Brücke gehört auch der Kartenraum und Kartentisch, um sicherzustellen, dass der Wachoffizier bei der Kartenarbeit auch die Verkehrslage und Funkkommunikation überwachen kann.

Unser Schiff hatte eine absenkbare Brücke, um Flussbrücken mit geringer Durchfahrtshöhe unterfahren zu können. Schnell steigende Wasserstände erzeugen auf der Loire oft große Strudel und unerwartete Winde haben auch auf ein relativ niedriges Flusskreuzfahrtschiff einen beachtlichen Einfluss.

Auf der Brücke der Wan Da kam das Licht von allen Seiten. Große, unterteilte Scheiben gaben im Halbrund einen fulminanten Ausblick auf den Fluss. Überall blitzte und funkelte Glas und Chrom wie im Cockpit eines übergroßen Fliegers.

Die darunter liegenden Monitore waren abgedunkelt und zeigten das Heck, die Schiffseiten, das Deck, die Serviceräume. Und hallo, war das da eben das Innere einer Kabine?

Kapitän Xù schob seinen massigen Körper vor den Bildschirm. Ein schnell gedrückter Knopf zeigte plötzlich nur noch Zahlen und Kurven auf dem Display.

Herr Wù und Herr Xù beteuerten ihr Mitgefühl über den plötzlichen Tod meiner Freundin. Sehr bedauerlich dieser Unfall, in der Tat.

Kapitän Wù bat mich in sein Büro.

»Bitte nehmen Sie Platz, Frau Lustig. Möchten Sie ein Glass Wasser?«

Er schnippte mit den Fingern und ein Lang, Lian, Wei oder Bo stellte mir eine Flasche Wasser und ein Glas vor die Nase.

»Wir bedauern diesen Zwischenfall außerordentlich. Selbstverständlich werden wir die Überführung von Frau Winter in ihre Heimat regeln und die Kosten übernehmen. Haben Sie diesbezüglich einen besonderen Wunsch?«

Er bot mir auch eine kostenlose Rückfahrt auf dem Schiff an, aber ich wollte nicht bis nach Nantes, und dann wieder zurück bis Orléans fahren. Ich wollte mit Jenna das Schiff verlassen und mit dem Zug nach Deutschland zurückkehren.

»Frau Winter wird bereits in Angers von Bord gehen und in die Pathologie des dortigen Krankenhauses gebracht bis die Untersuchungen der Polizei abgeschlossen sind. Morgen früh kommen die französischen

Beamten an Bord und werden jeden Passagier befragen. Eine reine Formsache, versteht sich. Danach können Sie das Schiff verlassen. Und selbstverständlich kümmern wir uns um alle Formalitäten für Ihre Rückreise. Die Kosten übernehmen wir natürlich auch.»

Herr Wù wurde schleimig: »Ach, ich hätte da noch eine Bitte. Wären Sie vielleicht so freundlich, die Koffer von Frau Winter zu packen? Wir senden sie nach der Freigabe der Lei..., von Frau Winter, nach Deutschland zurück.«

Natürlich sagte ich zu, und Kapitän Wù versicherte mir, dass ich von der beauftragten Pietätsfirma sofort über Jennas Ankunft in Deutschland unterrichtet werden würde. Schließlich habe Frau Winter keine Verwandtschaft, und ich würde wohl alles weitere regeln, denn ich sei ja ihre beste Freundin gewesen.

Damit war ich entlassen.

Auf dem Rückweg durch die Brücke warf ich noch schnell einen letzten Blick auf die Monitore. Sie flimmerten unschuldige Zahlen und Kurven vor sich hin.

Jennas Koffer war schnell gepackt.

Während ich ihre Klamotten zusammenlegte, überkam mich eine tiefe Trauer. Vergessen waren der Vertrauensbruch, die ewigen Sticheleien, die kleinen und großen Bosheiten.

Jenna war tot!

Sie war und blieb meine beste Freundin.

Ich merkte gar nicht wie mir die Tränen pausenlos über die Wangen liefen.

Fertig. Die Schlösser des Koffers schnappten zu, die Reisetasche war schnell gepackt. Aus dem Bad füllte ich ihren Schminkkoffer mit unzähligen Tuben, Tiegelchen und Lippenstiften.

Ich überlegte: Eigentlich idiotisch, diesen ganzen Kram einzupacken. In Deutschland würde ich sowieso alles entsorgen müssen. Auf der anderen Seite wollte die Reederei ihre Sachen natürlich schnellstmöglich loswerden.

Ich griff nach Jennas Handtasche, um den Inhalt des Safes zu verstauen.

»Minki 004« war schnell eingegeben.

Ach ja, Minki. Ich würde sie wohl zu mir nehmen. Jenna hatte ja keine Familie mehr, und Minki war mir ziemlich ans Herz gewachsen.

Wir würden beide eine Weile trauern, die Katze und ich.

Als ich den Safe ausräumte, fiel mir das kleine, fest verschnürte Päckchen wieder in die Hände.

Das Schiffshorn tutete und meldete unsere Ankunft in Angers.

Schnell steckte ich das Päckchen in meine Handtasche.

Plötzlich wimmelte es auf unserem Schiff nur so von französischen Beamten.

»Achtung, Achtung, hier spricht die französische Polizei. Alle Passagiere werden gebeten, an Bord zu bleiben. Bitte halten Sie sich in Ihren Kabinen zur Verfügung, wir werden Sie einzeln zur Befragung aufrufen.«

Ich hatte Glück und gehörte zu den Ersten, die verhört wurden.

Und staunte nicht schlecht.

Die beiden Geschäftsleute vom französischen VIP-Tisch, der Weißhaarige mit dem flinken Blick und der anmaßende, unhöfliche Rüpel, standen neben den beiden französischen Beamten.

Offenbar kooperierten sie mit der französischen Polizei.

»Monsieur Grand und Monsieur Moreaux kennen Sie ja schon vom Schiff. Beide arbeiten im Auftrag unserer Regierung. Erzählen Sie uns jetzt bitte ganz genau den Vorgang des Unfalls, Frau Lustig.«

Schau an, die beiden Franzosen entpuppten sich als Spitzel der Direction génerale de la sécurité extérieure.

Wonach die wohl schnüffelten?

Ich versuchte möglichst neutral zu berichten. Aber die Tränen rollten mir schon wieder über die Wangen, und ich wischte sie mehrfach erfolglos weg.

»... und als Frau Becker nach der Uhrzeit fragte, schaute Jenna auf ihre Armbanduhr. Jenna hatte das Ölfläschchen in ihrer Hand, aber der Verschluss des Fläschchens war noch bei mir.«

»Also war die Flasche offen?«

Ich nickte und wischte wieder Tränen.

»Ja, die Flasche war offen, und ich hatte den Verschluss noch in meinen Händen.«

»Wieviel war da noch drin?«

Ich überlegte: «Man braucht nur sehr wenig, das Öl wird sparsam aufgetragen. Vielleicht die Hälfte, also halbvoll?«

»War jemand in der Nähe Ihrer Freundin als das Unglück passierte?«

»Nein, Jenna rannte ganz alleine zu der Eisentreppe. Sie müssen wissen, das ist nur eine Nottreppe, die nach unten zu den hinteren Kabinen führt. Meines Wissens, wussten die meisten Passagiere gar nicht, dass diese Treppe existiert.«

»Und niemand stand oben an der Treppe oder auf der Treppe?«

Ich schniefte: »Nein, meiner Kenntnis nach nicht. Erst als Jenna ausrutschte und nach unten stürzte, rannten ein paar Passagiere zur Treppe, um nachzusehen was passiert war.«

Ich schnäuzte mich ausgiebig und überlegte dabei: Sollte ich den Beamten von meinen Entdeckungen erzählen?

Meine beste Freundin hatte mit meinem Freund geschlafen. Ist das strafbar? Eher nicht. Auf dem Schiff wimmelt es nur so von Leichen, aber keinen menschlichen. Sind Roboter strafbar? Wohl kaum. Außerdem sind wir hier auf einem chinesischen Schiff, da gehört der Einsatz von Künstlicher Intelligenz zum Tagesgeschäft. Und dass Frau Becker Jenna nach der Uhrzeit gefragt hatte, war sicherlich auch kein Verbrechen.

Ich überlegte weiter: Die Reederei, Kapitän Wù und Kapitän Xù, hatten ein hohes Interesse, Jennas Tod als tragischen Unfall zu verstehen. Und die örtliche Polizei allem Anschein nach auch. Die Schnüffler vom DGSE interessierten sich sowieso nur für ihren Auftrag und würden mich für verrückt erklären, wenn ich andere Schlüsse ziehen wollte. Außerdem hatte die Reederei mittlerweile gewiss Wege gefunden, ihre Jungfernfahrt aus allem rauszuhalten. Geld spielte bei den Chinesen ja bekanntermaßen keine Rolle.

Ich sinnierte weiter: Allem voran, wenn ich jetzt Wirbel machte, würden sie mich nicht gehen lassen.

Die Beamten wurden ungeduldig.

»Vielen Dank Frau Lustig, Sie haben uns sehr geholfen.«

Ich durfte das Schiff verlassen.

In der Kabine lag noch immer Jennas Handy auf dem Schreibtisch. Ich nahm es in die Hand und betrachtete es lange.

In ihm war Jennas ganzes Leben registriert, mit allen Höhen und Tiefen, mit allen Informationen ihres Daseins gefüllt.

Ich ging auf den Balkon und setzte mich an die Reling und schaute auf den Fluss. Das Flusswasser lag träge, nur wenige Zentimeter unter mir.

War ich an Details über Jennas Leben interessiert, an den Einzelheiten zu Jennas Liebesleben mit Rüdiger, zum Beispiel?

Ich ging in mich und entschied freien Herzens.

Dieses kleine Ding barg Jennas Leben mit all seinen Intimitäten; die gingen niemanden etwas an.

Auch mich nicht.

Langsam ließ ich das Handy ins Wasser gleiten und atmete tief durch. Jenna wäre mit meiner Entscheidung einverstanden gewesen.

In der Kabine holte ich das verschnürte Päckchen aus meiner Tasche und öffnete es neugierig. Elf Diamanten funkelten mir um die Wette entgegen. Ich wusste nicht viel über Diamanten, aber nach Herrn Beckers Crashkurs befanden sich ungefähr 500.000 Euro in meinen Händen.

Da lag sie, die Zukunft von Arias Tinktur, meine und Arias Zukunft.

Siedeheiss fielen mir die beiden französischen Staatsbeamten ein. Wonach suchten die eigentlich?

Ich sollte schleunigst das Schiff verlassen.

Und im Zug mit Aria telefonieren. Ich will, dass unser Produkt Jennas Namen trägt.

»Jennas Sun Glow« wird die Welt erobern.

Ende

Über die Autorin

 Linde Richter bringt als Autorin und Interpretin aus dem politischen Kabarett langjährige Erfahrung im Schreiben ein. Das Spiel mit Worten ist gereift und baut auf die Basis von drei Jahren Sprachstudium und Jobs in Paris und London sowie an der Costa Brava auf. Stationen wie Vier-Sterne Hotels in London, Positionen in einer amerikanischen Fluggesellschaft und für ein internationales Unternehmen der Luft- und Raumfahrttechnik ergänzen dies. Die erfolgreiche Integrationsberatung für internationale Klienten ist dabei das Kommunikations-i-Tüpfelchen der Autorin.

Heute lebt Linde Richter wenige Kilometer südlich von Frankfurt am Main und hat sich einen Jugendtraum erfüllt. Sie kaufte ein altes Fachwerkhaus in der Champagne, das sie jeden Sommer mit viel Begeisterung als Ferienhaus nutzt. Dort beginnt die Autorin meist ihre neuen Werke zu schreiben.

Veröffentlichungen in 2023

Parlez-vous Français?

Auf vielfachen Wunsch wird mein erster Roman »Maison Chouette. Mein Ferienhaus in der Champagne« im Jahr 2023 in französischer Sprache erscheinen. Im Frühsommer werde ich an der Open-Air Buchmesse in Joinville teilnehmen, und bis dahin muss die Übersetzung fertig sein.

Das wird kein leichtes Unterfangen, denn die beiden Sprachen unterscheiden sich in vielen Dingen. Erinnern wir uns nur an den schweißtreibenden, französischen Grammatikunterricht in der Schule! Nach den ersten 20 Seiten habe ich festgestellt, dass das französische Buch um einiges dicker sein wird.

Warum? Weil unsere französischen Nachbarn vieles blumiger, schöner, halt anders umschreiben.

Und wenn ich diese Übersetzung abgeschlossen habe, setze ich mich an mein schon lang geplantes Kinderbuch »Die Loreley geht auf Reisen«. Ob das schon in 2023 fertig sein wird, kann ich aber noch nicht versprechen.

Bis dahin grüße ich Sie ganz herzlich,

Ihre Linde Richter

Wortschätzchen

von Linde Richter

Kunterbunte Kurzgeschichten in einem Mix voller Abenteuer, Krimi, Mystik, Utopie und Romanzen. Manchmal nachdenklich, oft vergnüglich und immer mit einer guten Portion Augenzwinkern. Kunterbunt, wie versprochen. Hier einige Auszüge:

📖

Vergessen Sie einfach alles, was Sie bislang von Wolke Nummer 7 gehört haben. Alles nur Lüge. Engelchen, die mal eine Dummheit gemacht haben, sitzen da oben und haben Hausarrest. Und was sie da oben erleben, das glaubt ihnen kein Mensch …

📖

Premierenstimmung. Seine Hände flatterten über den Garderobetisch, und er stieß gegen den halbvollen Kaffeebecher. Das Lampenfieber kroch unbarmherzig in ihm hoch und fraß sich durch sämtliche Poren. Seitdem die Fernsehauftritte immer weniger wurden, tingelte er nur noch über die Kleinstadtbühnen der Republik. Er atmete tief durch …

📖

»‡Œšæššæš‡Œ«, nie gehört? Kein Wunder, der Bot auf dem Planeten Erde war noch mit diesem alten Webdingsbums programmiert, und man musste den Translator aktivieren, um ihn zu verstehen. Es war die letzte Welle und ganze Kontinente wurden ausgerottet. Nur ein paar Deutsche, Schweizer und Österreicher hatten sich zusammengerottet, um auf der Erde zu überleben...

Paperback   **ISBN 978-3-7543-5377-6**

E-Book   **ISBN 978-3-7543-7629-4**

Champagnerperlen süß-sauer

Mit 15 Rezepten aus der Champagne

von Linde Richter

Lilly hasst Entscheidungen. Seit einem Jahr und drei Wochen muss Lilly sich ganz alleine entscheiden. Ihre Scheidung war fraglos nicht ihre Entscheidung gewesen, die hatte Andreas ganz alleine entschieden. Nach sieben Ehejahren, dem verflixten siebten Jahr. Ein Umzug steht an. Große Dachwohnung mit kleinem Balkon? Oder kleine Erdgeschosswohnung mit großer Terrasse? Ihr Verlag will einen gastronomischen Wegweiser herausbringen, Schwerpunkt französische Spezialitäten mit einem kulinarischen Wörterbuch, und Lilly soll darüber schreiben. Auch hier steht eine Entscheidung an.

Ob sowas gelesen wird? Ihre Literaturagentin sagt Ja, und Lilly zieht für ein ganzes Jahr in ihr französisches Ferienhaus. Sie futtert sich durch gewöhnungsbedürftige Spezialitäten und exquisite Köstlichkeiten, und sie sammelt leckere Rezepte aus ihrem Umfeld.

Neue Abenteuer rund um das Eulenhaus bestimmen ihr Leben am Lac-de-Der Chantecoq. Ungewöhnliche Nachbarn, zwei mysteriöse Todesfälle und ein Sturm, der mit 180 Stundenkilometer durch das Dorf fegt, bringen ihren schöpferischen Zeitplan haltlos durcheinander. Und dann ist da auch noch Heudebert, und wieder muss sie sich entscheiden …

Paperback   **ISBN 978-3-7534-0769-2**
E-Book   **ISBN 978-3-7534-8560-7**

Die bestellte Frau

Roman-Thriller

von Linde Richter

Linda hat einen aufregenden Job. Sie arbeitet für eine amerikanische Fluggesellschaft und ist viel unterwegs. Offiziell kümmere sie sich um Probleme mit unzufriedenen Passagieren, inoffiziell darum, dass der Ruf ihrer Fluglinie nicht beschädigt wird. Linda ist mit allen Wassern gewaschen und lässt sich unkonventionelle Lösungen einfallen, die auch meist vergnüglich ausgehen.

Privatleben ist für Linda ein Fremdwort bis sie einen charismatischen Politiker trifft. Es beginnt gewaltig zu knistern. Doch der Politiker ist ein vielbeschäftigter Mann, der in der Öffentlichkeit steht und außerdem verheiratet ist. Das bringt fast unlösbare Probleme mit sich. Doch Linda wäre nicht Linda, um nicht Lösungen zu finden. Ein Netz von Heimlichkeiten muss geknüpft werden, und das Versteckspiel beginnt. Und da sind ja auch noch die Leibwächter und die Ehefrau des Politikers.

Linda jongliert mit dem Jetzt und dem Morgen und wird mehr und mehr zu einer bestellten Frau. Das gefällt der lebenslustigen Linda ganz und gar nicht. Plötzlich passieren unerklärliche Dinge, und es kommt fast zu einer Regierungskrise. Doch Linda weiß wie man Probleme löst, und am Ende hallt nur noch ein Gelächter durch die Nation.

Paperback   **ISBN 978-3-7494-8715-8**
E-Book   **ISBN 978-3-7481-7921-4**

Und immer ist es der falsche Job

Kriminalroman

von Linde Richter

Gitti hat Geldsorgen. Frisch geschieden, zieht die Frührentnerin in das ehemalige Versorgungshaus einer Seniorenresidenz. Ihr Umfeld hat viel Zeit und beobachtet Gittis Privatleben neugierig. Gitti versucht sich in aufregenden Nebenjobs und wird unfreiwillig in komische Situationen, menschliche Turbulenzen und packende Todesfälle verwickelt. Die ehemalige Versicherungsagentin hat einschlägige Erfahrungen im investigativen Bereich und unterstützt - oft nicht ganz freiwillig - Kriminalhauptkommissar Wolfram, der ihr immer wieder über den Weg läuft. In der Kleinstadt tobt der Bär. Kein Wunder, denn ...

- wieso hängt ihr italienischer Nachbar kunstvoll verschnürt im Sadomaso-Bereich eines Bordells, und was hat Gitti dort zu suchen?
- weshalb interessiert sich Gitti plötzlich für lokale Politik, und wodurch wird sie in Kleinstadtintrigen mit Todesfolgen verwickelt?
- wozu muss Gitti am Flughafen Koffer zählen und illegale Pillen kaufen, und woher kennt sie einen toten Golfspieler aus New Delhi?

Die Antworten finden Sie in dem Buch der Autorin.

Paperback   **ISBN 978-3-7494-2171-8**
E-Book   **ISBN 978-3-7494-8756-1**

Maison Chouette

Mein Ferienhaus in der Champagne

Roman

von Linde Richter

Den Wohnwagen hatten sie geerbt, die sechzigtau-
send Euro Barvermögen bekam der örtliche Geflügel-
zuchtverein als Grundstein für sein neues Vereinsheim.
So ungerecht kann das Leben manchmal sein.

Lilly und Andreas verbringen ihren ersten Urlaub in
dem betagten Wohnwagen auf der Wiese ihrer Freunde,
die sich vor zwei Jahren ein marodes Ferienhaus in der
Champagne gekauft hatten. Dort erleben sie die anstrengenden Versuche ihrer Freunde, ein Minimum an Komfort in das 300 Jahre alte Fachwerkhaus zu bringen. Und
sie lernen Land und Leute kennen. Den Wohnwagen
dürfen sie auf der Wiese stehenlassen, aber den zweiten
Urlaub müssen sie ohne ihre Freunde im Land der Gal-
lier verbringen. Dort treffen sie Engländer, die nicht grillen können und lernen das Paradies kennen, ohne dass
sie sterben müssen.

Im Dorf brodelt die Gerüchteküche. Die Ereignisse
überschlagen sich. Wer hat mit wem und warum eigentlich? Das will keiner so richtig gerne wissen, doch Lilly
findet einen Schatz, und alles passt wieder zusammen.
Und plötzlich sind die beiden stolze Besitzer des alten
Fachwerkhauses.

Paperback ISBN 978-3-7481-8318-1

E-Book   ISBN 978-3-7481-7644-2